杉井 光

イラスト・春夏冬ゆう

楽園ノイズ4

Paradise NoiSe

Paradise NoiSe

CONTENTS

デザイン／鈴木 亨

『黒死蝶』のヴィジュアル
コンセプトである男装女性を、
男である僕がやったら、
元の性別通りになるだけだろう。
……そう思っていた。
ライヴ当日までは。

あちら側に今すぐにでも行きたい。
あの光の下に立ちたい。

――霧の内側《なか》の島にイヌだけの楽園を築き上げて、それからお前たちは、二十一世紀に宣戦布告をするだろう。

『ベルカ、吠えないのか？』古川日出男

Paradise NoiSe
Black Death Butterfly

1　メンソールライトの紅《あか》い蝶《ちょう》

「月にこだまってあると思う？」

作業の合間の休憩《きゅうけい》時間に黒川《くろかわ》さんがそんなことを訊《き》いてきた。

「つき？　って、……あの空に浮《う》かんでる月ですか」

「そう。月でヤッホーっていったらヤッホーって返ってくると思う？」

「空気がないからそもそも音がしないんじゃないですか」

「お、模範《もはん》解答」と黒川《くろかわ》さんは笑う。「でも、月って中が空洞《くうどう》なんだって」

「ああ、なんか聞いたことありますけど」

「それで、中の空洞《くうどう》にはなにか気体がたまってるんじゃないかって説もあって。そうすると月でも地下ならこだまが響《ひび》くことになるよね。ロマンあるでしょ」

そこで黒川《くろかわ》さんは、カウンターの背後の壁《かべ》を振《ふ》り返《かえ》った。

スタジオ名のロゴが印字された透明《とうめい》なプレートが掲《かか》げられている。

――〝MOON ECHO〟。

「そういう意味だったんですか」

というかスタジオ名の由来の話だったのか。唐突《とうとつ》だったので今ようやくわかった。

黒川《くろかわ》さんは僕《ぼく》らのバンドが根城にしている東新宿の音楽スタジオの若きオーナーだ。ちょくちょくスタジオ代を無料にしてもらうかわりに雑用を手伝わされているので、世話しているのかされているのかよくわからない関係になっている。

カウンターにべったりと頬杖《ほおづえ》をついて物憂《ものう》げなため息をつき、黒川《くろかわ》さんはつぶやく。

「いい名前だと思うんだけどねえ。不採用だった」

僕《ぼく》は首をかしげた。不採用？

「いや、だって、店の名前にちゃんと使われてますよね」

「ううん、そうじゃなくて、もともとバンド名の候補だったんだよ」

そういえば黒川《くろかわ》さんは昔バンドをやっていたのだと華園《はなぞの》先生から聞いたことがある。

「『ムーン・エコー』を没《ぼつ》にして、代わりになんて名前にしたんですか」

黒川《くろかわ》さんは手近のメモ用紙に三文字を書いてみせた。

――『黒死蝶《こくしちょう》』。

これは……うん……。

色んな意味で、むずむずする名前だ。

そう思いつつも顔に出さないように努めたけれど、あっさり気づかれたようで、黒川《くろかわ》さんは皮肉っぽく唇《くちびる》の端《はし》を曲げた。

「悪くはない名前だけどね。好きな人はこういうのめっちゃ好きだし。でもこんな名前にしたらゴス衣装《いしょう》でV系やるしかないじゃん。マイナーキーの激しい曲か、ちょっと鬱《うつ》っぽいバラードかどっちか」

「似合ってそうですけど」

長身で陰《かげ》のある耽美《たんび》な雰囲気《ふんいき》の黒川《くろかわ》さんは、深めの化粧《けしょう》や黒系のコスチュームで決めたらさぞかし舞台映《ぶたいば》えしたことだろう。

「そこそこ人気はあったよ。でもずっと続けようって気にはならなかったね。大学出て二、三年で解散した」

「ええと、それは、みんな就職して忙《いそが》しくなったから、っていう」

「いや、逆。バンドやめたからみんな就職したって感じかな。ライヴしょっちゅうやってた頃《ころ》は真剣《しんけん》にプロ目指してたよ」

そこで黒川《くろかわ》さんは言葉を切り、じっと僕《ぼく》の顔を見つめてくる。再び口を開いたとき、出てきた声は秋雨《あきさめ》の後の水たまりみたいな色をしていた。

「ほとんどの人はいつかやめるんだよ。99・9パーセントは音楽をやめる。マコはほんとに幸せなミュージックライフ送ってるから、たぶん言われてもぴんとこないだろうけど。自分が音楽やめるところなんて想像つかないだろ」

「ええ、まあ……。それは、まだ高校生だし、音楽歴も言うほど長くないですし」

「期間の問題じゃないんだ」

黒川《くろかわ》さんはそう言って、僕《ぼく》の方に向き直り、カウンターの上に指で長い横線を一本引いた。ちょうど、僕《ぼく》と彼女自身《かのじょじしん》を隔《へだ》てるようにして。

「こんな仕事してると、音楽やってるやつ何万人も見るからね。だいたいわかるようになるんだ。あんたはそっちの国の人なんだよ」

深く暗い川が、そのとき僕《ぼく》らの間の国境を音もなく流れていた。

＊

僕《ぼく》がパラダイス・ノイズ・オーケストラの練習に復帰したのは、三が日が明けてスタジオが営業を再開してすぐのことだった。午後四時、いつもの『ムーン・エコー』に四人で集まる。四人だ。伽耶《かや》はいない。ベーシストは僕《ぼく》だ。

二年参りでもう新年の挨拶《あいさつ》は済ませているので、余計なおしゃべりはなく、てきぱきとセッティングを済ませてすぐにプレイに入る。

僕《ぼく》にとっては久しぶりのバンド演奏だったので、まずは定番曲をざっと流す。

気持ちいい。

身体《からだ》じゅうの血液が残らず真新しいものと入《い》れ替《か》わっていくみたいだ。音の一粒《つぶ》一粒《つぶ》が骨の中にまで染《し》みこんできてきらきら燃えている。

去年、バンド漬《づ》けだった日々を一時離脱《りだつ》しようと考えたときは、あんなにもひとりきりのデスクトップの世界が恋《こい》しかったのに、孤独《こどく》をたっぷり味わった今となってはバンドの中で複雑に共鳴する熱がなによりも愛おしい。

わがままなもんだな、と我ながら思う。

この先も僕《ぼく》はこうしてふらふらと自分の欲望に翻弄《ほんろう》されて危《あや》ういラインの上をいったりきたりして周囲の人々に迷惑《めいわく》をかけ続けるんだろう。申し訳なく思うけれど、たぶん自分ではどうしようもない。ごめんなさい。世界中にごめんなさい。こんな僕《ぼく》だからせめて音楽に対してだけは真っ正面から全力でぶつからなくては。

四曲続けて演《や》り、汗《あせ》だくになってブレイクを入れた。それぞれ水分補給を済ませた後も、だれからも言葉がない。不気味に感じてメンバーの顔を見渡《みわた》し、おそるおそる訊《たず》ねる。

「……ええと。……久々だったから、なんか不満なところあった？　自分としては、ついていけてたと思うんだけど……」

「え？」詩月《しづき》が意外そうに目を見開く。「不満なんてなにもありませんよ。以前通りの真琴《まこと》さんでした。やっぱり私のビートには真琴《まこと》さんです」

「腕《うで》が落ちてたらさんざん責めてやろうと思ってたのにむしろ前より良くなってた」

凛子《りんこ》はべつの意味で不満そう。

「伽耶《かや》ちゃんを不採用にしといてへっぽこなプレイはできないもんね」

朱音《あかね》はにひひっと笑ってペットボトルの残りを飲み干した。

「伽耶《かや》の方が確実に巧《うま》いのに、村瀬《むらせ》くんはなにがちがうんだろう」と凜子《りんこ》は思案顔。

「……性別？」と朱音《あかね》。

「性別はちがわないでしょう」

「そっか」

「納得《なっとく》すんな！　性別はちがうよ！」

「真琴《まこと》ちゃんは染色体《せんしょくたい》が一本ちがうだけじゃないの？」

「それを性別ちがうっていうんだよ！」

「真琴《まこと》さんのY染色体《せんしょくたい》はかY《わい》いのYですから」

意味不明すぎてつっこみが途絶《とだ》えてしまった。

朱音《あかね》がふと思い出したように言う。

「そういえばさ、ほら、キョウコさんがスタジオに来たとき。個人面談したじゃん。あのときに女3男1のバンドは危ないから気をつけろみたいなこと言われなかった？」

「言われた。ものすごく実感こもった言い方で」

「私も言われましたけど絶対大丈夫《だいじょうぶ》ですって答えておきました」

え、ちょっとなにそれ、みんな言われてたの？　そのへんの話くわしく聞きたいんだけど？

「うちのバンドは女3真琴《まこと》1ですから、って」

「一文字！　でも大ちがい！」と朱音《あかね》は笑い転げた。

「その理論でいくと村瀬《むらせ》くんは何人増えても問題ないことになる。女3真琴《まこと》3とか」

「真琴《まこと》さんが真琴《まこと》3……最高に幸せです……」

「しづちゃん、ぽやぽやしてるとこ悪いんだけどさすがに三人はちょっと」

「僕本人《ぼくほんにん》もどん引きなんだが」

「そう？」と凛子《りんこ》。「業務分担できて便利だと思うけれど。作曲担当、ベース担当、歌担当」

「全部ひとりでできるけどっ？」

「それにクリスマスに予定がかぶっても平気だし」

「その節はすみませんでしたっ」

いきなり急所を突《つ》かれて平伏《へいふく》する僕《ぼく》。

いや、でも、かぶってはいませんでしたよ？　ちゃんと四人全員少しずつ時間をずらしましたからね？　と心の中でか細く言い訳する。

「そうすると伽耶《かや》さんの分も必要なので真琴《まこと》4ですね」

「家で美沙緒《みさお》さんのこと想《おも》いながらひとりさみしく動画観《み》る係も必要だから真琴《まこと》5だね」

「このままでは地球が村瀬《むらせ》くんであふれてパンクしてしまう」

僕《ぼく》の頭が先にパンクしそうだった。

しかし、と僕《ぼく》は益体もない話を続ける三人の少女たちを眺《なが》めながら思う。

帰ってきたんだなあ。

あまり認めたくはないけれど、この騒《さわ》がしさがパラダイス・ノイズ・オーケストラの原風景なのだ。コーヒーの香る音楽準備室に毎日のようになんとなく集まってだべっていたところから僕《ぼく》らは始まったのだ。僕《ぼく》をだしにして彼女《かのじょ》たちが繰《く》り広《ひろ》げるこのしょうもない会話がなければ、うちのバンドじゃない。

ところが、その日のコントはスタジオ練習が終わった後にも続きがあった。

片付けを済ませて部屋を出た僕《ぼく》らがロビーで会計をしていると、カウンターの向こう側、奥《おく》まったところにあるスタッフスペースでだれかが言い合っているのが聞こえてきた。

一人は黒川《くろかわ》さんだ。

「だから！　そういうんじゃないんだって、見りゃわかるだろ」

もう一人の声はよく聞こえないけれど、和《なご》やかな雰囲気《ふんいき》ではなさそうだ。

なにかトラブルかな、と思いつつも支払《しはら》いを済ませた僕《ぼく》がカウンターに背を向けようとしたとき、黒川《くろかわ》さんが奥《おく》から姿を現した。背後にもう一人、若い女性が顔を出す。

僕《ぼく》と目が合う。

派手な顔立ちの女性だった。年齢《ねんれい》は黒川《くろかわ》さんと同じくらいだろう。二人とも戦闘的《せんとうてき》な佳麗《かれい》さという点は共通していたけれど、黒川《くろかわ》さんが銃《じゅう》を使うとするならもう一人は剣《けん》を使う、そんな雰囲気《ふんいき》の差があった。

その女性は僕《ぼく》をきつくにらみつけてきて、黒川《くろかわ》さんに耳打ちする。

「……もしかしてあの子？」

「そう。マコ、ちょうどよかった」

いやな予感がしたけれど遅《おそ》かった。黒川《くろかわ》さんはカウンター越《ご》しに手を伸《の》ばしてきて僕《ぼく》の手首をがっちりつかんだ。背後の女性を振《ふ》り返《かえ》って言う。

「これ今の私の彼氏《かれし》。婚約《こんやく》もしてる」

「えええええっ？」

変な声が漏《も》れた。すぐ後ろで凛子《りんこ》がぼそりとつぶやいた。

「真琴《まこと》6……」

「い、いやっ、ちょっと待って、なっ、黒川《くろかわ》さんっ？」

不審《ふしん》と好奇心《こうきしん》が半分ずつの視線をバンドメンバーたちから向けられて僕《ぼく》はあわてふためく。黒川《くろかわ》さんは僕《ぼく》の肩《かた》をぐっと抱《だ》き寄せてビルの外に引っぱっていった。そんなに密着されたら解ける誤解も解けないだろうが！

「悪いマコ、ちょっと話を合わせてよ。ほら、あいつ見てるから笑って手でも振《ふ》って」

ガラスドアの向こうを黒川《くろかわ》さんはあごで指す。カウンターのそばでさっきの女性が疑わしげな視線をこっちに向けてきている。

僕《ぼく》はしかたなく、ぎこちない笑《え》みを返した。

おまえは何者だ、と彼女《かのじょ》の目が雄弁《ゆうべん》に問いかけてくる。耳元で黒川《くろかわ》さんが言う。

「これからバンドのミーティングあるんだろ。とりあえず今日のところは退散して。婚約《こんやく》の話は後で詳《くわ》しいこと連絡《れんらく》するから」

＊

「婚約《こんやく》っ？　ど、どういうことですかっ」

伽耶《かや》にこの話をすると案の定必死の形相で食いついてきた。

「いや、ほら、あの、……勉強しよう？」

「ごまかすんですか先輩《せんぱい》ッ」

スタジオ練習の翌日、バンドメンバー全員で伽耶《かや》を囲んでの勉強会の最中だった。場所は朱《あか》音《ね》の家だ。凛子《りんこ》、詩月《しづき》は（主に僕《ぼく》が）親御《おやご》さんと顔を合わせたときに気まずく、伽耶《かや》も受験のことを親に隠《かく》しており、僕《ぼく》の部屋は狭《せま》すぎる、ということで消去法で宮藤《くどう》邸《てい》となった。

しかし、すんなり勉強タイムが始まるわけもない。昨日の今日である。

「うちらとしても気になって集中できないし、先に話済ませちゃおう」

人数分のお茶を運んできた朱音《あかね》がそんなことを言うが、どう見ても面白《おもしろ》がっている顔だ。

「バンドリーダーが結婚詐欺《けっこんさぎ》で逮捕《たいほ》なんてことになったら困るから村瀬《むらせ》くんには説明責任があるでしょう」

「凛子《りんこ》はほんと手を替え品を替え僕《ぼく》を犯罪者にしようとするよね……」

「真琴《まこと》さん大丈夫《だいじょうぶ》ですよっ、重婚罪《じゅうこんざい》は懲役《ちょうえき》たったの二年ですし、事実婚《こん》には適用されないそうですからっ」

なにがどう大丈夫《だいじょうぶ》なんだ。ていうか詩月《しづき》はなんでそんなん調べてんの。

まあ、どうせこのままじゃ勉強にならないし、少し説明するしかないか。

昨日はあの後、毎度のようにバンドのみんなでいつものマクドナルドに流れたけれど、全員気もそぞろでろくな話し合いにならなかったことは言うまでもない。

「ええと。どこから話したもんか。とにかく彼氏《かれし》とか婚約《こんやく》ってのは全部嘘《うそ》でね」

「あの後ほんとに黒川《くろかわ》さんから連絡《れんらく》きたの？」と朱音《あかね》が口を挟《はさ》んでくる。

「うん、夜中にＬＩＮＥで」

「えっ、ちょっと待ってください」伽耶《かや》が身を乗り出す。「店員と客の関係ですよね？　なんでＬＩＮＥ交換《こうかん》してるんですかっ？　やっぱりほんとに婚約《こんやく》してるんじゃ」

「なんでだよ。その理屈《りくつ》だとここの全員と婚約《こんやく》してることになっちゃうだろ」

微熱《びねつ》を帯びた沈黙《ちんもく》が部屋を覆《おお》った。

……なんか反応しろ！　なんでこのタイミングで示し合わせたように全員黙《だま》るの！

詩月《しづき》がもじもじしながら口を開く。

「真琴《まこと》さん大丈夫《だいじょうぶ》ですよ、重婚罪《じゅうこんざい》は婚約《こんやく》だけなら適用されませんし」

「そんな心配はしてない！　もっと他に言うことあるでしょっ？」

「複数人と婚約《こんやく》したら間違《まちが》いなく結婚詐欺《けっこんさぎ》だと思うのだけれど」

「悪化させんな！」

「あたしら運命の赤い糸《ライン》でつながってたんだねぇ」

「ＬＩＮＥは緑色だ！」

三人とのやりとりを見ていた伽耶《かや》は、わたわたとあわてふためいている。

「えっと、わたしの番ですよね、なにか、ええと、面白《おもしろ》いこと言わないと」

「そんなバンド内ルールはないから」

コメディアンの才覚がないから正式メンバーになれなかった、みたいに思《おも》い込《こ》まれても困る。

でも伽耶《かや》はしばらくうんうん悶《もだ》えながら考《かんが》え込《こ》んだあげく、いきなり気合いのみなぎった顔になって両手をぱんと打ち合わせた。

「整いました！　お節介《せっかい》で固まるのが婚約《こんやく》、石灰《せっかい》で固まるのがコンニャクです」

「その頭の回転は受験のときに使いなよ……」

僕《ぼく》の指摘《してき》に伽耶《かや》はすっかりしょげかえってしまう。隣《となり》の詩月《しづき》が見かねて抱《だ》き寄せ、頭をよしよしとなでる。

凛子《りんこ》が僕《ぼく》を冷たい目でにらんで言う。

「なかなかのセンスだったのに。古典的な洒落《しゃれ》は村瀬《むらせ》くんには品が良すぎたのかも」

「真琴《まこと》ちゃんのお笑いは勢い重視だもんね。ブルドーザーみたいにどんなボケでもすくえるけど可愛《かわい》い花は潰《つぶ》しちゃうよね」

え、ちょっと、なんで僕《ぼく》が悪いみたいな雰囲気《ふんいき》になってるの？　いや、伽耶《かや》に対してはたしかに冷たすぎたかもしれないけど。

「それで、黒川《くろかわ》さんとの婚約《こんやく》はどういうふうに固まったわけ」

凛子《りんこ》が僕《ぼく》を詰問《きつもん》するふりをして話を戻《もど》してくれた。いや、話を戻《もど》すふりをして詰《なじ》ってきているのだろうか？　もうどっちでもいいけど。

「だから婚約《こんやく》なんてしてないってば。前に黒川《くろかわ》さんと雑談してたときにね、スタジオのオーナーなんてうらやましい、僕《ぼく》もそんな仕事で食っていきたい、って冗談《じょうだん》半分で言ったら」

「実質的なプロポーズじゃないですかッ」

詩月《しづき》はなんで今のわずかな情報からその結論にたどり着けるの……？

「えっと、どうしてプロポーズになるんですか」と思考回路がまだ一般人《いっぱんじん》な伽耶《かや》が訊《たず》ねる。

詩月《しづき》よりも先に横から朱音《あかね》が答えた。

「スタジオのオーナーになるなんて普通《ふつう》の方法じゃ無理でしょ。いちばん現実的なのは黒川《くろかわ》さんの旦那《だんな》さんになることだから」

「ああっ……そ、そうですね。先輩《せんぱい》たちの推理力さすがです。見習わないと」

無意識に発揮される伽耶《かや》の後輩《こうはい》っぷり、入試に受かったら受かったで心配になる。うちの女どもがさらに調子に乗るのではないだろうか。

「とにかくね、冗談《じょうだん》でそういう話してただけなの。僕《ぼく》だって忘れてたよ。黒川《くろかわ》さんも昨日あそこでふと思い出して口実に使っただけみたいで」

「口実、というのは、なんの？」と凛子《りんこ》。

「説明が難しいな……。見てもらった方がいいや。朱音《あかね》、PC使わせてもらっていい？」

「うん」と朱音《あかね》は机を指さした。

朱音《あかね》のノートPCで検索《けんさく》した。

ワードは――『黒死《こくし》蝶《ちょう》』。

ライヴ動画がいくつも出てくる。いちばん画像がきれいそうなひとつを再生した。

「……あ、歌ってるの黒川《くろかわ》さん？」

僕《ぼく》の肩越《かたご》しに画面をのぞき込《こ》んできた朱音《あかね》がすぐに気づいた。他の三人も寄ってくるので机の前はあっという間にものすごい人口密度になる。

ヴィジュアル系バンド『黒死《こくし》蝶《ちょう》』は、二人組だった。

黒一色のぴったりしたパンツスーツ姿のヴォーカリストと、同じく黒を基調としながらも鮮《あざ》やかな色彩《しきさい》のフリルやリボンをふんだんにあしらった衣装《いしょう》のギタリスト。

サムネイルではどちらも男性に見えたけれど、両方女性だった。ヴォーカルが黒川《くろかわ》さん、そしてギターが昨日『ムーン・エコー』に来ていた人だ。彫《ほ》りの深いくっきりした顔立ちは一度見ただけなのに記憶《きおく》に残っている。

「……すごい人気ですね……」

画面の枠《わく》を突《つ》き破《やぶ》りそうなほどの観客たちの熱狂《ねっきょう》に、詩月《しづき》がおののいた声を漏《も》らす。

「今はもうバンドはやっていないの？」と凛子《りんこ》。

「うん。四年前に解散してる」

「四年前？　ここ最近も毎日コメントついてるけど」

朱音《あかね》は僕《ぼく》の手に手を重ねるようにしてマウスを操作し、画面を下にスクロールさせる。コメント欄《らん》にはバンド復活を望むファンの声があふれていた。

「これ、オケは打《う》ち込《こ》みでしょう。この手のバンドにしては珍《めずら》しい」

凛子《りんこ》が画面にぐっと顔を近づけ、ステージに二人以外の演者がいないことを確認《かくにん》する。

「結成時は六人バンドだったらしいんだけど」

僕《ぼく》はネット上に落ちている『黒死蝶《こくしちょう》』についての情報を拾っていく。六人勢揃《せいぞろ》いしている画像もあったけれど、むちゃくちゃ若い。大学に入ってすぐに結成したバンドだというから今の僕《ぼく》らとそう変わらない年齢《ねんれい》だ。中性的で危険な香りのする女性ばかりのたいへん華《はな》やかなグループだけれど、やはり中央の二人、ヴォーカルとギターがひときわ目を惹《ひ》く。

「この、ギターの蝶野《ちょうの》さんって人、すっごいやり手のリーダーで、バンドのコンセプトしっかり決めてプロモートして、インディ界では伝説級の人気になったらしいんだけど、厳しすぎてメンバーがどんどんやめてっちゃったんだって」

「プレイの要求水準が高すぎた、ってこと？」

「ああ、演奏面の話じゃなくて」

これも実際に見てもらった方が早いだろう、と僕《ぼく》は動画に戻《もど》り、シークバーを曲のクライマックスあたりに動かした。

ステージ上で黒川《くろかわ》さんと蝶野《ちょうの》さんがひとつのマイクでハモっている——かと思いきや、ほんとうにキスした。背後ではベーシストとサイドギタリストもかなり熱烈《ねつれつ》に身体《からだ》をからませている。客席はもう煮《に》えたぎる溶岩《ようがん》の海みたいになっている。伽耶《かや》は真っ赤になって画面から顔をそらし、詩月《しづき》も「まあ」と両手で目を覆《おお》い、朱音《あかね》は「うひゃあ」と照れ半分面白《おもしろ》がり半分の声をあげ、凛子《りんこ》はひとりまったく平静なまま。

「『男装女性同士の恋人《こいびと》』っていうコンセプトのバンドなんだ。メンバーが六人っていう大所帯なのもバンド内で公式設定のカップルを三組つくるためだったらしくて」

「そんなニッチなところを狙《ねら》ったコンセプトなんてあるんですか……」詩月《しづき》は嘆息《たんそく》する。

「ああ、わかる。これ好きな人は狂《くる》おしいほど好きになるやつ」凛子《りんこ》は意外にも理解を示す。

「え、じゃあ黒川《くろかわ》さんもこのギターの人と恋人同士《こいびと》だったの」と朱音《あかね》は目を丸くする。

「いや、あくまでもそういう設定。パフォーマンスってだけ。でもこの蝶野《ちょうの》さんって人、すごくこだわる人で、メンバーの私生活にも口出ししてきて。彼氏《かれし》つくるの禁止、ファンにばれたら人気が落ちるから、って。ついてけなくなってどんどんやめてったんだって」

「それは……うん、続けてられないよね……」

「んで最終的に黒川《くろかわ》さんと二人だけになって、打《う》ち込《こ》みバッキングのデジタルロックに転向してなんとか活動続行」

けっきょく注目を集めていたのはその二人だったので、人気は落ちるどころかかえって高まったという。

でも四年前、黒川《くろかわ》さんの父親が、遊び暮らしていた娘《むすめ》を見かねて話を持ちかけてくる。最近、東新宿に小さなビルをひとつ買ったのだが、おまえに任せるからなにか事業をやってみないか——と。

音楽活動に疲《つか》れていた黒川《くろかわ》さんは、その提案を呑《の》んでバンドを引退。ミュージシャン経験を生かして音楽スタジオを始めることにした。

——『ムーン・エコー』の誕生だ。

「ちょっと待って、娘《むすめ》にビルひとつぽんとあげちゃったのっ？」

朱音《あかね》が素《す》っ頓狂《とんきよう》な声をあげる。

「すんごい資産家なんだって」

知り合いにすでに詩月《しづき》というとんでもない家のご令嬢《れいじよう》がいるので僕《ぼく》はそこまで驚《おどろ》かなかったけれど。というか詩月《しづき》もまるで驚《おどろ》いた顔をしていない。金持ち怖《こわ》ッ。

「で、ここまでが長い前振《ふ》りで」

僕《ぼく》はそう言ってノートPCを閉じた。ほんとに長かった。

「昨日スタジオに来て黒川《くろかわ》さんとなにか話《はな》し込《こ》んでたのが例のギタリストの蝶野《ちようの》さん。再結成しようって言ってきたらしくて」

「えっほんとに！　やったあ、あたしも聴《き》きたい！　黒川《くろかわ》さん、自分がやってたバンドのことは全然話してくれなかったんだよねえ」

朱音《あかね》は興奮気味。華園《はなぞの》先生を通じて黒川《くろかわ》さんともかなり前からのつきあいなのだ。こうも目をきらきらさせられると先を続けるのが申し訳なくなる。

「いや、断るって」

「えええええー」

「そんで断る口実として僕《ぼく》が彼氏《かれし》だって嘘《うそ》ついたわけ」

「ああ、なるほど」

それまで黙《だま》って聞いていた凛子《りんこ》がうなずく。

「つまりバンドのコンセプト違反《いはん》だからもう無理、と。そんな話のためにここまで長々と説明したわけ？」

「だって最初から全部説明しなきゃ信じてくれないだろ、どうせ」

「むしろ最初から全部説明されても信じないけれど。ほんとうは黒川《くろかわ》さんにも手を出しているんじゃないの？」

「長々喋《しゃべ》って損したよ！　時間返してよ！」

「村瀬《むらせ》くんもわたしの純情を返して」

「おまえの純情がなんの関係あんのっ？」

「真琴《まこと》さん、大丈夫《だいじょうぶ》です、私は信じますから」

詩月《しづき》は涙《なみだ》ぐんで言った。

「信じて待ちますから……結婚詐欺《けっこんさぎ》は最長で懲役《ちょうえき》十年ですし……」

「信じてないんじゃん！」なんでそこ詳《くわ》しいのっ？　その知識要《い》らなくない？

「あ、あの──」

僕《ぼく》の真後ろで一連の流れを聞いていた伽耶《かや》が、おろおろと一同を見回して言う。

「これは、ええと、あの、村瀬先輩《むらせせんぱい》の話をみなさん信じてないってことですか？　どこか疑わしいとこってありましたっけ？　わたしは、その、言ってる通りじゃないかと」

「大丈夫《だいじょうぶ》、伽耶《かや》ちゃん」朱音《あかね》がやさしく微笑《ほほえ》む。「うちらのリーダーだよ？　みんな信じてるにきまってるじゃん」

　こんなにも薄《うす》っぺらく頼《たよ》りなくうそ寒く聞こえる信頼《しんらい》の言葉があるだろうか。

　凜子《りんこ》も当たり前みたいな顔で言う。

「簡単に信じたらつまらないでしょう。おちょくれるポイントは漏《も》らさずおちょくらないと」

「ついになんの躊躇《ちゅうちょ》もなく『おちょくる』って認めるようになったな……」

「昔のわたしは周囲に対して壁《かべ》をつくっていて感情表現ができなかったものね。こんなにも素《す》直《なお》になれたのは村瀬《むらせ》くんのおかげ。感謝してる」

「なんで良《い》い話みたいにまとめてんのっ？」

「それで村瀬《むらせ》くんは黒川《くろかわ》さんのことをどうするの？」

　僕《ぼく》の抗議《こうぎ》を無視して凜子《りんこ》はさらにまとめに入る。その方がありがたいが。

「どうする、って。どうもしないよ。どうせ昨日だけのその場しのぎだろうし」

「ふうん？　まあそうか」

　凜子《りんこ》はテーブルのクッション席に戻《もど》った。それを合図にして、他のメンバーたちも僕《ぼく》のまわりから離《はな》れて床《ゆか》に座《すわ》る。

「それじゃあ話はだいたい把握《はあく》したし、勉強を始めましょう。伽耶《かや》、どの教科からやるの」

「あ、はい、模試で英語がだいぶ――」

「英語ならあたしかな！　ていうかみんなでいっぺん模試の問題やってみない？」

「面白《おもしろ》そうです。中学の範囲《はんい》なんてどれくらい憶《おぼ》えてるか……」

四人はテーブルを囲んで和気藹々《わきあいあい》とテキストを広げシャーペンを走らせ始めた。

ところで、テーブルは四角いので、四人ですべての辺が埋《う》まる。

……僕《ぼく》、要《い》らなくない？

「帰ってもいいかな。たぶん僕《ぼく》この中でいちばん成績悪いし役に立たないかと」

言ってみるとすぐさま集中砲火《しゅうちゅうほうか》を受けた。

「受験あるからバンドには入れないって言ったの先輩《せんぱい》じゃないですかっ！　責任とってそこでしっかり見ててください！」

「村瀬《むらせ》くんは小学生でも間違《まちが》わないような問題をミスったりしてみんなを元気づける役」

「真琴《まこと》ちゃんＢＧＭつけてよ。楽器なんでもあるし」

「あっ衣装《いしょう》もたくさんあるんでしたよね？　文化祭のときのも朱音《あかね》さんのでしたし、あんな感じのかわいらしいのを着てお茶くみを」

帰っても！　いいかな！

＊

黒川《くろかわ》さんの口からでまかせはあの場しのぎだけでは終わらなかった。

［今日ひま？　ギャラも出す］

そんなＬＩＮＥメッセージで新宿まで呼び出された僕《ぼく》は、喫茶店《きっさてん》で『黒死蝶《こくしちょう》』ギタリストの蝶野《ちょうの》さんとご対面するはめになった。僕《ぼく》の隣《となり》の黒川《くろかわ》さんは、これまで一度も見たことのなかった女子力高そうな服装をしている。スカートなんて持ってたのか、この人。

「ほら、私が呼んだらすぐ来ただろ。マコはもう私にベタ惚《ぼ》れなんだから」

開口一番黒川《くろかわ》さんが蝶野《ちょうの》さんにそんなことを得意顔で言うものだからこっちとしては開いた口がふさがらない。なんだよそれ？　どういう話になってんの？

「……高校生だろ？」

蝶野《ちょうの》さんはこの間に輪をかけて猜疑《さいぎ》に満ち満ちた目で僕《ぼく》をねめつけてくる。こちらは初対面のときよりはおとなしい長袖《ながそで》Ｔシャツにホットパンツと黒のロングタイツというかっこうだったけれど、胸の刺繍《ししゅう》は気合いの入った薔薇《ばら》と揚羽蝶《あげはちょう》の大がかりな柄《がら》だ。

「一回り年下じゃん。婚約《こんやく》？　本気で言ってんの？」

まあ当然の反応だよな、と僕《ぼく》は首をすくめて黒川《くろかわ》さんの顔をうかがう。たしか華園《はなぞの》先生と高校のときにクラスメイトだったんだっけ。年齢《ねんれい》を訊《き》くなんて命知らずなまねは先生に対しても黒川《くろかわ》さんに対してもしたことがなかったけれど、十歳《さい》以上離《はな》れているはずだ。

「本気も本気。結婚《けっこん》はもちろん卒業後の予定だけど」

黒川《くろかわ》さんは涼《すず》しい顔で言う。だまし通せると思ってるのか……？

「そんなわけで私にはもうマコがいるんで『黒死蝶《こくしちょう》』はできないよ。コンセプトは前と変わってないんだろ」

蝶野《ちょうの》さんは僕《ぼく》と黒川《くろかわ》さんの顔を二度ずつ見る。

「つきあってるのはわかったけど」

わかったのかよ！　そこからまず信じちゃだめでしょ、ばればれじゃん！　と僕《ぼく》は声をあげそうになる。いや、実際そう言っちゃえばよかったのだ。でも僕《ぼく》はもう引《ひ》きずり込《こ》まれた状《じょう》況《きょう》の意味不明さに混乱しきっていたのだ。

「でもこの子、ＰＮＯの村瀬《むらせ》真琴《まこと》だろ？」

蝶野《ちょうの》さんに言われて僕《ぼく》はぎょっとする。

「あ、知ってたの」

黒川《くろかわ》さんはなんでもなさそうに言った。

「いまインディでやっててＰＮＯ知らないやつなんていないよ」

え、そうなの？　あまりそっちの文化圏《けん》に詳《くわ》しくないのだけれど。

「この子とつきあってるなら別にうちらのコンセプトには反してないから大丈夫《だいじょうぶ》だよ」

蝶野《ちょうの》さんがそんなことを言い出すので僕《ぼく》は混乱が頭痛に変わる。なにが大丈夫《だいじょうぶ》なの？

「彼氏《かれし》禁止でしょ、『黒死蝶《こくしちょう》』は」と黒川《くろかわ》さんは首をかしげる。

「彼氏《かれし》じゃないだろ？　女の子じゃん」

「男ですけどッ?」僕《ぼく》は声をうわずらせた。

「っていうコンセプトのガールズバンドなんだろPNOって」

「いや全然っ?」

「男装女子バンドは考えついたけど男装女子が女装するっていうコンセプトはさすがのあたしも思いつかなかったな。やられたよ」

「蝶野《ちょうの》さん以外だれも思いついてませんから! どうぞ使ってください!」

「必死に否定してんのは事務所の方針?」

「事務所とかないし! なんなんですか、どう見ても男でしょうが!」

僕《ぼく》は立ち上がり、自分の胸を手のひらでばんばん叩《たた》いた。蝶野《ちょうの》さんは目を細めた。

「いや、動画でも女だなと思ったし実物見ても6:4くらいかなって感じだし」

どっちが6なんだ? 怖《こわ》くて訊《き》けない。

「言われてみれば私もちょっと自信なくなってきたわ」

「黒川《くろかわ》さんっ? なんでそっち側に回るんですか!」

「蝶野《ちょうの》に証拠《しょうこ》見せてあげれば?」

なに言ってんのこの人? まわりに大勢いる店内でやめてくださいますか?

「さすがにここでとは言わないよ。トイレにでも行って」

「そういう問題じゃありませんっ」

「ああそうか男子トイレか女子トイレか迷うね」

「そういう問題でもありませんッ」

そこで蝶野《ちようの》さんがマルボロメンソールライトに火をつけて言った。

「別にこの子に生えてようが生えていまいがどうでもよくてさ」

どうでもよくないが？　僕《ぼく》の人生の大問題だが？

「蝶野《ちようの》、煙草《たばこ》やめて」と黒川《くろかわ》さんが厳しい声で言う。古い喫茶店《きつさてん》だから、喫煙《きつえん》ＯＫの店だったはずだけれど……。

「おっと。わかったよ」

蝶野《ちようの》さんは火をつけたばかりの一本を灰皿に押《お》しつけた。

「外からどう見えるかの話だよ。だってファン心理の問題なんだから。黒川《くろかわ》がこの真琴《まこと》ちゃんとつきあってる、ってファンにばれたとき、どういう反応出るか考えてみ。ああやっぱりそういう好みなんだ、ってみんな喜ぶだろ。だから問題なし」

黒川《くろかわ》さんは唇《くちびる》に指の背を押《お》し当《あ》てて少し考えてからうなずいた。

「……たしかに」

「あんたが言いくるめられてどうするんだよッ？」

「いや、黒蜜蜂《くろみつばち》どものことは――『黒死蝶《こくしちよう》』のファンの事こう呼ぶんだけど、私もよく知ってるからね」

「もう言われたとおりに復帰しろよ？　知りませんよ僕《ぼく》は！」

「やっぱりマコを口実に使うのはちょっと無理があったか」

「口実って言っちゃった！　語るに落ちすぎでしょ！」

「だいたい私は男に対しては心のオアシスを求めるからね。マコはちょっとタイプじゃないっていうか」

「いや黒川《くろかわ》さんの好みの話なんてしてませんけど？」

そう言っておいて、しかし自分の評価の話なので急に気になってきて、僕《ぼく》はおそるおそる言い添《そ》えた。

「ええと、まあ、その、参考までに、どういうタイプが好きなんでしょうか」

「リアム・ギャラガーみたいなの」

「そっちのオアシスかよ！　癒《い》やすどころか喧嘩《けんか》して解散ですよ！」

「そっか、だから『黒死蝶《こくしちょう》』も解散したのか」

「変な風に話を戻《もど》すな！　ああいや戻《もど》してくださるのはたいへんけっこうですけども！」

蝶野《ちょうの》さんがしみじみとした表情で僕《ぼく》から黒川《くろかわ》さんに目を移した。

「良《い》い彼氏《かれし》だな。なんでも拾ってくれるじゃん」

「だろ。手ぇ出すなよ」

「昔のことは謝《あやま》るよ。だからバンドに戻《もど》ってきてくれ」

「いやだっつってんでしょ。もうそんな気力ないよ」

彼氏《かれし》だという嘘《うそ》をまだ信じてるのかとか昔なにがあったのかとか無粋《ぶすい》な言葉が口をついて出そうになったけれど、ぐっと呑《の》み込《こ》んだ。

二人の目つきがしんと冷えていたからだ。

「……あの、僕《ぼく》、外しますね」

これはおそらく部外者が聞いちゃいけない話だ、と感じたのだ。でも隣《となり》の黒川《くろかわ》さんは僕《ぼく》の太ももをぐっとつかんでソファに押《お》しつける。

「いいから。マコも証人として聞いてて」

「いや、でも」

「うちら二人だけだと殴《なぐ》り合《あ》いになるかもしれないから、いてくれ」

蝶野《ちょうの》さんもそんなことを言う。口元を歪《ゆが》めているので冗談《じょうだん》かとも思ったけれど、目が笑っていない。

「だいたいなんで今さら来たんだよ。今の私はちゃんと仕事もあるし。蝶野《ちょうの》も新しいメンバーとやってるんだろ」

「黒川《くろかわ》がやめたときのままなら誘《さそ》いにはこなかったけどな」

蝶野《ちょうの》さんはつぶやき、遠い目になる。

「こないだ楽器屋で見かけたんだよ。マイクとかシールドとか熱心に見回ってた」

「楽器屋くらい行くだろ。私がなんの商売してると思ってんだ」

そう言いながらも黒川《くろかわ》さんはなんだかばつが悪そうだった。

「スタジオの備品仕入れるっていう雰囲気《ふんいき》じゃなかったけどな。それにさっきもあたしの煙草《たばこ》に目くじら立てて。喉《のど》を気にしてんだろ。現役《げんえき》時代と同じだ」

「うるさいな。なにが言いたいんだよ」

鮮《あざ》やかな色彩《しきさい》が僕《ぼく》の視界を遮《さえぎ》った。蝶野《ちようの》さんがいきなり立ち上がったのだ。シャツの胸に刺繍《ししゆう》された花と蝶《ちよう》が迫《せま》ってくる。

黒川《くろかわ》さんの肩《かた》に手をかけた蝶野《ちようの》さんは、一瞬《いっしゅん》そのままキスするんじゃないかと思えるくらいの熱を帯びていた。あのライヴ動画のように。

でも、交《か》わされたのは口づけよりも染《し》みとおる言葉。

「またステージで歌いたいんだろ」

「……もう十分歌ったよ。引退」

「老《ふ》け込《こ》む歳《とし》じゃないだろ。だいたいあんな店で毎日バンドマンいっぱい見てて、消し炭のままでいられるわけがない」

「今の人生で満足してんだよ、私は」

黒川《くろかわ》さんは蝶野《ちようの》さんの身体《からだ》を押《お》し戻《もど》しながら立ち上がると、伝票を取り上げた。

「マコ、行こう。悪かったな、こんな用で呼び立てて」

店を出るときにちらと席を振《ふ》り返《かえ》ると、蝶野《ちょうの》さんは腕組《うでぐ》みしてじっと灰皿を見つめていた。押《お》しつぶされたマルボロメンソールライトは燃えながらだったけれど、蝶野《ちょうの》さんの目にはまだ火がともっているように見えた。

＊

その日の夜、夕食の席で父に訊《き》いてみた。

「なんでバンドやめたの？」

父は味噌汁《みそしる》の椀《わん》を落っことしかけた。

「どうしたいきなり」

「いや、ちょっと、知り合いにも昔バンドやってた人がいて、気になって」

「おまえね、今まさにバンド活動真《ま》っ盛《さか》りでうまくいきまくりのハイティーンが元バンドマンのおっさんにしていい質問じゃないよッ？　息子《むすこ》じゃなかったら怒鳴《どな》りつけてるよ！」

「すでに怒鳴《どな》りつけてるじゃない」と母が冷静に言った。

「いや、あの、はい、ごめんなさい」と僕《ぼく》は首をすくめた。「じゃあこの話は無しで」

「バンドマンが音楽やめる理由は大別すると四つあってだな、多い方から――」

「めっちゃ語りたいんじゃん」

「歴長いからな。知識なら真琴《まこと》なんか目じゃないぞ。一番多いのは仕事が忙《いそが》しくなってやる気がなくなり夢から醒《さ》めてやめるパターン。けっきょくバンドなんて好きにやってられるのは学生のうちだけよ」

「まあ、そうかもしれないけど」

僕《ぼく》が人生のほとんどを音楽に費《つい》やせるのも、食わせてくれている親のおかげだ。

「二番目に多いのは仲間がやめて連鎖的《れんさてき》にやる気がなくなり新メンバーを探す気力も起こせず夢から醒《さ》めてやめるパターン。特にドラムスが抜《ぬ》けるともう終了《しゅうりょう》。代わりなんてそうそう見つからないしそのまま解散」

これもわかる。気も合うし志向も合うメンバーが何人も集まるというのは一種の奇蹟《きせき》なのだ。僕《ぼく》はほんとうに幸運だったな、としみじみ思う。

「三番目は彼女《かのじょ》ができて金も時間も彼女《かのじょ》のために費《つい》やさなければいけなくなり音楽なんてやってる場合じゃないと夢から醒《さ》めてやめるパターン。女にモテるためにバンドやるわけだから、目標達成でゴールインといえなくもない」

モテるためと決めつけるのはどうかと思うけど、時間も金も食うのはたしかだ。

「四番目は才能なくて集客伸《の》びなくて全然芽が出なくて夢から醒《さ》めてやめるパターン。これは本人が正直にそう申告《しんこく》するケースが少ないから統計上は四番目だが実際にはもっと多いのではないかと俺《おれ》は読んでいる」

「統計なんてだれがとったの」

「俺《おれ》」

「偏《かたよ》りまくりじゃん！　どうりでモテるためにバンドやってる人しかいないわけだよ！」

「俺《おれ》がモテるためだけにバンドやってたから真琴《まこと》が生まれたんだぞっ？　感謝しろよ！」

　これほどまでに親への感謝の気持ちを消し飛ばす言葉が他にあるだろうか。

「まあ、お父さんがあのまま就活せずにバンド続けてたら結婚《けっこん》は絶対にしなかったでしょうから結果的にそうとも言えるかもね」

　母さんもしみじみ言わないでくれ。なんか僕《ぼく》の生が細い細い糸でかろうじてつながっていたみたいな気分になるじゃないか。食欲なんて引《ひ》っ込《こ》んでしまう。

「……ええと、じゃあ、父さんがやめた理由は三番目のやつってこと？　母さんとつきあい始めたから？」

「ん？　うん。まあ……だいたいそういうことになるかな……」

　歯切れの悪い父に横から母がまたも攻撃《こうげき》する。

「全部でしょ。バンドより就活の方がうまくいっちゃって仕事忙《いそが》しくなったし、ドラマーの人は真っ先にやめちゃったし、最後の方はライヴハウスのオーディションにも落ちてばっかりだったし」

「母さんの言う通りです……」

父は背を丸めてアスパラガスのベーコン巻きをぽりぽり齧《かじ》った。なんなんだ。自分の体験を四つに分けて喋《しゃべ》っただけかよ。なんで無駄《むだ》に評論家ぶった話し方をしたの？　実の息子《むすこ》相手に見栄《みえ》張《は》ってどうするんだよ。

この席に姉もいればさらに辛辣《しんらつ》な言葉を父に浴びせただろうけれど、父にとっては幸いなことにその夜は友達と出かけていた。

食べ終わった後で、洗い物をしながら父が訊《き》いてきた。

「真琴《まこと》、まさかバンドやめるのか？」

「え？　いや、僕《ぼく》がやめるっていう話じゃないよ」

隣《となり》で食器を拭《ふ》いていた僕《ぼく》はびっくりして答えた。そりゃいきなりあんな質問をしたら心配もされるにきまっている。

「ならよかった。プロになるんだろ？」

「プロ？　ううん……そういう具体的なことはまだ全然考えてなくて」

「俺《おれ》の夢だった武道館！　東京ドーム！　代わりに叶《かな》えてくれ！」

「ああいうでかすぎる箱って音響《おんきょう》悪いしライヴやる場所じゃなくない？」

「しゃくらせえ、音響《おんきょう》がなんだ！　聴《き》きたがる客が万単位でいるっていうのが大事なんだよ、演《や》る方も観《み》る方も夢を求めてんだから！」

僕《ぼく》は首をすくめた。夢、という単語をその夜もう何度聞かされたことか。

風呂《ふろ》を済ませて自室に引《ひ》っ込《こ》み、メールチェックをすると、新島《にいじま》さんからメールが来ていた。例の、窪井《くぼい》拓斗《たくと》さんの代理人だ。

『共作楽曲の配信開始について』

件名にはそう書いてある。

村瀬《むらせ》様と窪井《くぼい》の共同で制作しました曲を来週月曜日０：00から動画サイトにて発表、ならびにSpotify、Apple Music、Amazon Musicにて配信を開始いたします……。

先方に全部任せて、たまに来るメールも詳《くわ》しく読まずに承諾《しょうだく》の返事を送り、郵送されてきた契約書《けいやくしょ》にも署名捺印《なついん》してすぐ返していたら、いつの間にかとんでもないことになっていた。サブスクリプションで配信？　収益は拓斗《たくと》さんと僕《ぼく》と蒔田《まきた》シュン（の遺族）で三等分、みたいなことも書かれている。

これ、僕《ぼく》のデビュー曲ってことになっちゃうのか？

いや、でも、動画サイトではとっくに何曲も発表しているわけだし、商業流通にのせていないというだけで動画でいくらか稼《かせ》いでもいるし、とっくにデビューしていると言えなくもない。プロがどうのこうのと父が言っていたせいで、なんだかどうでもよくてとりとめのないことを考えてしまった。

無性《むしょう》に拓斗《たくと》さんと話したくなり、通話アプリを起《た》ち上げた。

幸運なことに、拓斗《たくと》さんはオンラインだった。

「いきなりすみません。忙《いそが》しかったですか？」

『いや。昼飯中だ。忙《いそが》しかったら出ねえよ』

昼飯？

ああそうか、日本じゃなくてイギリスにいるのか。こっちの夜があっちの昼だっけ。そういえば通話にけっこうラグがある。

『なんだ。例の曲の話か？　新島《にいじま》さんから詳《くわ》しい話がいってるだろ。来週だ』

「あ、はい、今メール見ました」

『なんかわからないことがあるのか？　俺《おれ》より新島《にいじま》さんに訊《き》いた方が』

「いえ、その、特にそっちの件じゃなくて、ただ拓斗《たくと》さんと話したくなって」

画像はお互《たが》いに出していなかったけれど、回線の向こうで拓斗《たくと》さんが顔をしかめるのがわかった気がした。

『なに言ってんだおまえは』

ううむ、当然こういう反応になるよな。我ながら、説明もなしに心情をそのまま吐《は》いてしまった。反省。

「ええと、つまりですね。僕《ぼく》、動画サイトには曲をいっぱいあげてきたんですけど、商業で曲を出すのってはじめてで」

『全部うちのもんがやってくれてるだろう』

「はい、全部お任せでたいへんありがたくお世話になっておりまして」なんか妙《みょう》な口調になってしまう。「そういう話でもなくて、ええと。これはひょっとして僕《ぼく》のレコードデビューってことになるのかな？　と思い始めてちょっと緊張《きんちょう》してきて」

『分け前は同額だが俺《おれ》の曲だぞ。MVにも俺《おれ》しか出てないし』

「ええ、はい、観《み》ました。いい映像でしたね」

『なんなんだ。おまえの名前ももっと前面に出せって話か？』

「あぁいやいや全然そういう話じゃないです」

拓斗《たくと》さんがいらだっているのがわかった。自分でもなにを話したいのかよくわからないまま通話を始めてしまったのだ。申し訳ない。

「最近、音楽やめるだとかプロになるのかとか、知り合いに色々言われて、考えがまとまらなくてもやもやしてて。音楽ばっかりずっと続けてくならプロになった方がいいのかな、とか、どうやったらプロになったって言えるのかな、とか」

『どうでもいいだろ、そんなことは』

拓斗《たくと》さんはにべもなかった。

『おまえ、すでに音楽で俺《おれ》より稼《かせ》いでるじゃねえか』

「え？　いや、そんなことは」

『稼《かせ》いでるよ。俺《おれ》はずっと音楽やめてたようなもんだからな。舞《ぶ》台《たい》の仕事もミュージカルからはだいぶ遠ざかってたし、趣味《しゅみ》程度に動画あげるだけだった』

「やめてた……んですね」

そのとき僕《ぼく》が抱《いだ》いたのは、こういう思いだった。

こんなに才能がある人でも、音楽やめるんだな、と。

口にしたら怒《おこ》らせる気がしたので黙《だま》っていたけれど、地球半周ほども離《はな》れていても通じてしまうときは通じてしまうようだった。

『俺《おれ》には、ひとりで音楽をやる力はないんだ』

拓斗《たくと》さんはぼそりと言った。

『曲も詞も書ける。ギターもそれなりに弾《ひ》ける。歌える。でもひとりで全部創ろうとすると、形にならない。英国《こっち》でデビューする話は何度も潰《つぶ》れた。ひとりでやろうとして失敗するか、気にくわないやつと組まされて失敗するか。あきらめかけてたときに、日本の会社から声がかかった。やけに腰《こし》が低くて、できる限り俺《おれ》の要望を聞いてくれるってんで、気分を変えるためにも自分で日本人のプロデューサーを探した』

卓上《たくじょう》スピーカーから聞こえてくる拓斗《たくと》さんの声は、海水の細かい泡《あわ》の中に沈《しず》んでいくように感じられる。

『何千枚聴《き》いたかもう憶《おぼ》えてない。だいぶ前の話だからな、その頃《ころ》は日本の曲なんてサブスクに全然入ってなくて、フィジカルをわざわざ取り寄せて聴《き》いた。ほとんど全部ゴミだ。途中《とちゅう》か

ら、俺《おれ》はなにをやってるんだろうって気分になったよ』

僕《ぼく》は、何千枚というCDケースで埋《う》まった部屋に憔悴《しょうすい》しきってうずくまる拓斗《たくと》さんの姿を鮮《あざ》やかに幻視《げんし》した。カーテンのない窓から差《さ》し込《こ》むロンドンの褪《さ》めた夕陽《ゆうひ》が、ひび割れたケースたちに複雑に反射して影《かげ》と光のモザイクをつくりだしていた。MVの間奏部分に挿《さ》し込《こ》まれるワンシーンみたいだ。聞こえないけれど、哀《かな》しい曲だろう。

『そうやってゴミの山の中から、なんとか一人だけましなのを見つけた』

「……それが、蒔田《まきた》シュンさんですか」

『その蒔田《まきた》さんのプロデュースを、俺《おれ》は潰《つぶ》したんだ。もう音楽は無理だと思ったよ。だからやめた』

埋《う》もれて、もがき回って、息を詰《つ》まらせて、プラスティックの硬《かた》い水底でやっとのことで見つけた輝《かがや》きを——壊《こわ》してしまった。

『俺《おれ》には音楽じゃなくたってショウビジネスの仕事がいくらでもあったし、描《か》きたい絵もたくさんあった。音楽なんて、べつに趣味《しゅみ》でたまにやるくらいでいい。そう思ってた。……どっかのガキが蒔田《まきた》さんとの曲をいきなり掘《ほ》り返《かえ》してとんでもないアレンジ入れて勝手にネットにあげるまではな』

「……ああ、はい……その節はすみませんでした……」

『なんで謝《あやま》るんだ。褒《ほ》めてんだよ』

今のでッ？

ほんと、周囲の人々の苦労が偲《しの》ばれるよ。

『で、まさかおまえもやめようと思ってるわけじゃないよな』

「ああ、いや、ちがいますちがいます。……音楽以外なんにもできないですし」

『だろうな。おまえが音楽やってないところなんてまったく想像できない』

拓斗《たくと》さんはため息をついた。

『人間やめるか音楽やめるか選ばせたらおまえは一秒も迷わず人間やめるだろうな』

なんかものすごく失礼なこと言われましたけど？

＊

冬休み最後の日、黒川《くろかわ》さんに軽い用事を頼《たの》まれていた僕《ぼく》が練習開始より少し早くスタジオに着くと、カウンターに人だかりができていた。

「黒さま、いないんですか？」

「黒死蝶《こくしちょう》が復活ってほんと？　オリジナルメンバーで？」

「蝶《ちょう》さまとヨリ戻《もど》したの？」

詰《つ》めかけて口々にそう言っているのは、二十代から三十代くらいの女性たちだった。楽器も持っておらず、バンドをやっている雰囲気《ふんいき》ではない。カウンターの内側には黒川《くろかわ》さんの姿はなく、若いスタッフたちが目を白黒させて対応に追われている。スタジオの利用客たちはなにごとかと遠巻きに眺《なが》めているばかりだ。

「――マコ、こっち！」

ひそめた声が聞こえ、振《ふ》り向《む》くと、ロビーの奥《おく》のオフィスに通じるドアがほんの少しだけ開いていた。手招きする指先がかろうじて見える。

駆《か》け寄《よ》り、ドアに身を滑《すべ》り込《こ》ませた。

スティールラックと機材で狭苦《せまくる》しいオフィスに、黒川《くろかわ》さんは身を潜《ひそ》めていた。僕《ぼく》を奥《おく》に引《ひ》っぱり込《こ》んですぐにドアを閉める。

「とんでもない騒《さわ》ぎになっちゃったよ。蝶野《ちょうの》のやつ……」

忌々《いまいま》しそうにつぶやいて唇《くちびる》を噛《か》む。

「復活とか言ってましたけど」

「バンドの公式でアナウンスしちゃったらしいんだ。私をヴォーカルに迎《むか》え入《い》れて、うちのスペースで今月ライヴやるって」

僕《ぼく》は目をしばたたく。『ムーン・エコー』はレンタルスタジオだけではなく三百人収容くらいの本格的なライヴスペースも地下に備えているのだ。

「え、あ、いや、あの、それって――嘘《うそ》、ですよね？」

「蝶野《ちょうの》がうちでライヴやること自体は事実なんだ」と黒川《くろかわ》さんは肩《かた》を落とす。「別名義でうちのオーディションに通ってたんだよ。最近忙《いそが》しくてオーディション自分で見てなかったから気づかなかった」

アマチュアバンドのライヴは、完全自費でライヴハウスを借り切ってやるものと、ライヴハウス側が企画《きかく》して出演バンドを募《つの》るものがある。後者は興行としてそれなりの集客を見込《みこ》まなければいけないので応募《おうぼ》してきたバンドをオーディションでふるい分けるのが普通《ふつう》だ。ここの企画《きかく》ライヴはたしか相当なハイレベルだったはずで、蝶野《ちょうの》さんの実力は今でも落ちていないということになる。

「……で、それに黒川《くろかわ》さんも出るってことになっちゃってる？」

「そう。なまじ自分のスタジオでやるライヴだから信憑性《しんぴょうせい》あってさ、昔のファンがみんな信じちゃって。押《お》しかけてきたんだ」

黒川《くろかわ》さんは弱り切った顔でドアを見やる。スタッフと女性ファンたちの押《お》し問答《もんどう》がかすかに聞こえてくる。

「黒川《くろかわ》さんが出てってデマですよって説明すればいいんじゃ」

「あいつらヒートアップしてるから出てったら逆効果。バンギャル界じゃ、黒蜜蜂《くろみつばち》は人の話を聞かないので有名だったんだ。スタッフには悪いけど、後で特別手当出そう……」

どうにも、黒川《くろかわ》さんの煮《に》え切《き》らない態度が気になった。

「要するに蝶野《ちょうの》さん、申《もう》し込《こ》んだのとちがうバンドで演《や》ろうとしてるってことですよね。契《けい》約違反《やくいはん》てことで出演なしにすれば」

「楽しみにしてるお客さんに悪いだろ。前売りもかなり捌《は》けてるんだ」

ライヴハウスのオーナーとしてはまあそういう気持ちもあるのか。どうにも釈然《しゃくぜん》としないけれど。

「ええと、それじゃどうするんですか」

「んんん……」黒川《くろかわ》さんは腕組《うでぐ》みした。「マコ、代わりに出てよ。男装するの得意だろ」

「得意じゃありませんけどッ？」

「苦手だったの？　じゃあほんとは女装する方が性《しょう》に合《あ》ってていつもの男のかっこうは嫌々《いやいや》やってたのか」

「いやそういう意味でもありませんけどッ」

今ひっかけたよね？　この人も僕《ぼく》をおちょくる側だった、忘れてた！

どうしたもんか、とつぶやきながら黒川《くろかわ》さんは椅子《いす》に身を沈《しず》めた。そうっとドアを開いてカウンターの方をうかがうと、詰《つ》めかけていた黒蜜蜂《くろみつばち》さんたちは倍くらいの人数に増えていた。僕《ぼく》もため息をつくしかなかった。

2　ホリゾントライトの黒い蝶《ちょう》

三学期に入ってすぐ、学校で進路希望調査があった。

うちの高校は一応、進学校ということになっているらしく、二年生進級時の文理選択《せんたく》の段階からすでに志望大学を見据《みす》えた進路相談が組まれているという。

しかし高一で将来を決めろと言われても困る。希望調査票が配られたホームルーム後の休み時間には、僕《ぼく》の教室でもそこかしこで嘆《なげ》きの声があがった。

「学部まで書けって言われても……」

「偏差値《へんさち》って去年の数字あてになるの？」

「第三まで埋《う》めなきゃいけないのかよ。全然考えてないよ」

口々に文句をたれていたクラスメイトたちの視線が一人また一人と僕《ぼく》に向けられる。

「村瀬《むらせ》はいいよな」

「もう将来安泰《あんたい》だもんな……」

「なにも安泰《あんたい》じゃないけど。なんでそんな話になってんの」

反論すると冷ややかな目が返ってくる。

「今だって死ぬほど稼《かせ》いでんだろ?」

「シークレット女装ライヴのチケットを三十万円くらいで売ってんだろッ?」

「なにその商売怖《こわ》いよ! 捕《つか》まるよ!」


昼休み、音楽準備室に集まったときの話題もまずそれだった。

「進路調査? うん書いた書いた。もらってその場ですぐ出したら考え直せって突《つ》っ返《かえ》されちゃった」

まず朱音《あかね》が見せてくれる。

第一希望『P』、第二希望『N』、第三希望『O』。

「なんでこれでだめなのかわかんないよね!」と朱音《あかね》はむくれるのだがなんでこれで大丈夫《だいじょうぶ》だと思ったのかわからない。

「朱音《あかね》さん、これすでに叶《かな》ってますから希望調査にならないのでは」と詩月《しづき》。

「あっそうか!」

そういう問題なのだろうか? 朱音《あかね》はその場で第一希望『ビートルズくらい』、第二希望『コールドプレイくらい』、第三希望『リンキンパークくらい』と書き直した。どう考えてもまた突《つ》っ返《かえ》される。

「しづちゃんはもう決めたの？」

「はい。家元、ドラマー、お嫁《よめ》さんです」

「え、それ一、二、三の順番なの？」

「ちがいますよ。三つ全部です。他は考えられないので第二希望以下は無しです」

先生も言うこと無しで受け取ってくれました、と詩月《しづき》は胸を張る。そりゃ言うことはなにもないだろうな。自慢《じまん》するようなニュアンスじゃなさそうだけど。

「お花もドラムスもお嫁《よめ》さんも全部ですからねっ？」と詩月《しづき》はいきなり身を乗り出して僕《ぼく》に食ってかかる。なんだよ。おまえの将来なんだから好きにしろよ。

意外というかなんというか、凛子《りんこ》だけはまともだった。まだ三つとも空欄《くうらん》のままの調査票を出してきてつぶやく。

「やっぱり音大に行こうかと思っていて……」

「へえ。凛《りん》ちゃんならするっと入れそうだけど」と朱音《あかね》。

「入るからには、するっと入れなそうなレベルのところを狙《ねら》う」と凛子《りんこ》。「音大でしか学べない音楽があると思うし、そういうのをバンドに導入できるのはわたしだけだし」

その言葉を聞いて僕《ぼく》はひそかに安心していた。音大に行くというから、てっきり高校卒業と同時にＰＮＯをやめるつもりなのかと思ったのだ。

「音大！　音大ならまかせて！」

にこにこ黙《だま》って聞いていた小森《こもり》先生がいきなり声を張り上げた。

「音大受験のことならなんでも相談乗るから！　たまには教師らしく役立たないと！」

教師らしくない自覚あったんだな……。いや、まあ、僕《ぼく》らもたまにこの人が先生だってのを忘れそうになるけれど。

「お世話になります。小森《こもり》先生の母校を受けようと思っているので」と凛子《りんこ》は素直《すなお》に先生に向かって頭を下げる。「ただ、親に話さなきゃいけないと思うと気が重くて」

「親御《おやご》さん反対しそうなの？　たしかに音大だとちょっと——」

「いいえ、逆です。大賛成すると思います。もともとわたしをピアニストにするつもりだったから。ただ、やっぱり親の言う通りにするのがいちばん、みたいに勝《か》ち誇《ほこ》られるのが癪《しゃく》で」

「へえ……？」

小森《こもり》先生はよくわかっていない様子だったけれど、僕《ぼく》と詩月《しづき》と朱音《あかね》は「そうだよね」とでも言いたげな視線を交《か》わした。

「とにかく音大なら早めにご両親に話しておかないと。なんといっても、お金かかるから」

どこまでも常識的な小森《こもり》先生だった。

「凛《りん》ちゃん学費くらい自分で稼《かせ》いじゃえば。音大ってそんなにかかるの？」

朱音《あかね》が軽い感じで言ってスマホを取り出し、検索《けんさく》して目を剝《む》く。

「うぇ。年間二百万！」

マジか。芸術系は高いとは聞いていたが、そんなにかかるのか。

僕《ぼく》も自分で調べてみた。たしかに、私立は安くても百六十万、高ければ二百万オーバー。なんだかんだで四年間にして一千万かかるらしい。国立で唯一《ゆいいつ》である東京藝大《とうきょうげいだい》は一桁《けた》下がるけれど、その代わりに倍率がすごい。

「……音大ってほんとねぇ、お嬢様《じょうさま》しかいないんだよね……」

小森《こもり》先生がしみじみ言う。

「毎日高いランチ食べにいくし、わたしがバイトしてるっていうと珍《めずら》しがって色々訊《き》いてくるし、休み明けなんて海外旅行いったのが前提みたいな話しかけ方してくるし、まあでも化粧《けしょう》品とかお財布《さいふ》とか使わなくなったやつもらえたりしてたからありがたかったけど」

「先生は……その、庶民派《しょみんは》、だったわけですか」

「うん。うちは中学んときにわたしがコンクールでちょっといいとこまで行っちゃって親が勘《かん》違《ちが》いして無理したタイプ。ほーんと、就職できてよかったよ。音大卒で音楽関係の仕事やってる人って一割くらいじゃない？　やっぱり音楽ってお金持ちの趣味《しゅみ》なとこあるよね」

え、一割？　そんなもんなの？

金持ちの趣味《しゅみ》……。

たしかに思い返してみれば僕《ぼく》の周囲には金持ちが多い。詩月《しづき》は言うに及《およ》ばず、凛子《りんこ》だってあのマンションの雰囲気《ふんいき》からしてどう見ても平均のはるか上だろうし、朱音《あかね》にしたって庭付きの一戸建てに住んでいて家庭教師をつけられるようなレベルなのだから相当だ。黒川《くろかわ》さんも親からビルまるごとひとつぽんともらえるような身分だし。偶然《ぐうぜん》かと思っていたけれど、音楽ってそういう面があるのかも。金がかかるもんな。僕《ぼく》だって親父《おやじ》から楽器を色々と譲《ゆず》り受《う》けてなければこんなに無節操にあれこれ手を出せてなかった。感謝しないと。

「まあ、いざとなったら学費は村瀬《むらせ》くんに出してもらいます」

凛子《りんこ》がいきなり言うので僕《ぼく》は椅子《いす》からずり落ちそうになる。

「なんで僕《ぼく》が出すんだよっ？」

「だってバンドの必要経費みたいなものでしょう」

「え？　いや、ううん……？」

「それにどうせ村瀬《むらせ》くんとは家計がいっしょになるのだし」

「どういう理屈《りくつ》でッ？」

「真琴《まこと》ちゃん、あたし新しい低反発枕《まくら》がほしいんだけどお金出してくれる？」

「なぜこの流れで」

「あたしの安眠《あんみん》はＰＮＯのパフォーマンスに直結するんだよ？」

そう言われればそうかもしれないが、そんなことを言い出したら万事《ばんじ》が——

「真琴《まこと》さんっ、結婚式《けっこんしき》の費用もバンドの経費ですよねっ？」

「ほら絶対に意味わからんこと言い出すと思ってたよ！」

「なぜ意味がわからないんですか、安定した結婚《けっこん》生活はバンド活動に直結ですよ！」

詩月《しづき》はまず情緒《じょうちょ》を安定させなさい。

「そう言う真琴《まこと》さんの進路希望はなんて書いたんですかっ？」

「たしかに、村瀬《むらせ》くんの将来はわたしたちの将来だからチェックしないと」

なんでチェックされなきゃいけないの？　と思いつつも、隠《かく》していたらうるさいことになるので僕《ぼく》は調査票を取り出してみんなに見せた。第三希望まですべて空欄《くうらん》だ。

「こんなのいきなり書けって言われても困るし……」

朱音《あかね》が心外そうに小首をかしげる。

「お嫁《よめ》さん、じゃないの？」

「お婿《むこ》さんだろっ？」

「お婿《むこ》さんなの？」

「あ、いえ、べつにそういうわけでも」

僕《ぼく》の返事を聞かずに朱音《あかね》は三つの欄《らん》すべてに『おむこさん』と書いてしまった。なにしてくれてんだ。こんなの提出したら先生になんて言われるか。

「だ、だれのお婿《むこ》さんなのでしょうか……」詩月《しづき》が青ざめて声を震《ふる》わせる。「しかも第三希望まであるなんて……その、順番はいったいどういう基準で」

凛子《りんこ》が素っ気なく答える。

「ここまでの話の流れからして、資産額？」

「それならだれにも負けません！」と詩月《しづき》が顔を輝《かがや》かせる。やめなさい、はしたない。

「黒川《くろかわ》さんにも？」と朱音《あかね》がにまにま笑って茶々を入れる。

「うっ……それはちょっと調べてみないとわかりませんけれど……さっそく帝国《ていこく》データバンクなどに問い合わせて」やめなさいってば。

「そういえば黒川《くろかわ》さんバンドやっぱり再開するんだってね、ネットで話題になってた。金持ちでスタジオ持ちでおまけに同業者ってなると強敵だねぇ」

「え、話題になってた？」

僕《ぼく》が予想外に強い食いつき方をしたからか、朱音《あかね》が面食らった顔になる。

「うん。あたしのタイムラインのインディ好きはみんな大騒《おおさわ》ぎしてた。『ムーン・エコー』で今度やるライヴに出るんでしょ？」

信者だけが盛り上がっているのかと思いきや、そんなに話が広まっていたのか。

「それね、蝶野《ちょうの》さんの嘘《うそ》なんだよね……」

「え？　どういうこと」

僕《ぼく》は蝶野《ちょうの》さんや黒川《くろかわ》さんとの間にあったあれこれをみんなに説明した。

「うっわ。強引《ごういん》」と朱音《あかね》は面白《おもしろ》がり半分、不安半分の表情で言う。

「そんなことしたら決定的にこじれちゃうんじゃないでしょうか……」

「もともとあの二人、仲良しって感じの関係じゃなかったみたいなんだよね。ぶつかり合うのが平常みたいな間柄《あいだがら》っぽくて。黒川《くろかわ》さんも、蝶野《ちょうの》ならやりそうだ、しかたないな、って態度だったし」

「二人の間はそれで済むにしたって、ライヴの告知内容が嘘《うそ》だったらスタジオにとっても信用問題でしょう。訂正告知《ていせい》とか出さなくていいの？」と凛子《りんこ》。

「ううん。なんか煮《に》え切《き》らないんだよね黒川《くろかわ》さん。ライヴは中止にしたくないとか、ファンをがっかりさせたくないとか言ってたし……」

「それは、あれでしょう、あれ！　きっと！」

小森《こもり》先生が意気込《いきご》んで割《わ》り込《こ》んできたので僕《ぼく》らは全員でびっくりして見つめる。

「ちょびっと未練がある！　わかる！　音大卒もね、ぜんぜん音楽関係ない仕事してても市民オーケストラとか入ってる人多いから」

ああ、うん、なるほど。

言われてみれば、あれはそういう表情だ。

消し炭でも、蝶野《ちょうの》さんの中の火が燃え移ったのだ。

それで？

なんにしろ黒川《くろかわ》さんの問題だ。僕《ぼく》には僕《ぼく》の問題がある。三つとも空欄《くうらん》の、いかんともしがたい曖昧《あいまい》な将来が横たわっている。他人はほうっておくしかない。

でも、調査票を鞄《かばん》に戻《もど》した後も、僕《ぼく》はスマホで『黒死蝶《こくしちょう》』に関する話題をなんとなく調べ続けてしまう。SNSで、ニュースサイトで、ブログで、感激の声が渦巻《うずま》いている。

それから気づけば動画サイトに飛び、黒川《くろかわ》さんと蝶野《ちょうの》さんが妖《あや》しくからみあうライヴ映像を再生している。

四年前に消えた火。

画面に手のひらを近づけると、熱が四年の月日を越《こ》えて伝わってくる。

なにかが画面を遮《さえぎ》った。僕《ぼく》はびっくりしてのけぞる。すぐ近くに大きな瞳《ひとみ》がある。凛子《りんこ》が僕《ぼく》の顔をのぞき込《こ》んできたのだ。

「な、なにっ？」

「またなにかやるつもりなんだろうな、と思って」

「なにか、って？　いや、なんにもやらないよ？　なにか言われたわけでも――ああいや、黒《くろ》川《かわ》さんにはおまえが――ううん、あれは冗談《じょうだん》だろうし、ええと、とにかく」

「村瀬《むらせ》くんの、自分に言い訳するところは好きじゃない」

真正面から目を合わせてそう言われ、僕《ぼく》はどぎまぎしてしまう。

「凛子《りんこ》さんのそういうはっきり言えてしまうところ、憧《あこが》れます」

詩月《しづき》が隣《となり》でうっとりした声を漏《も》らす。

「どうせ真琴《まこと》ちゃん、ここで黒川《くろかわ》さんからＬＩＮＥがきてほいほい話に乗るんでしょ」

「そんなことあるわけ――」

僕《ぼく》の手の中のスマホが通知音を吐《は》いたのでびっくりして取り落としそうになる。

ほんとうにLINEメッセージだった。ただし黒川《くろかわ》さんではなく、もっと驚《おどろ》くべき人物からだった。キョウコ・カシミアだ。

＊

キョウコさんとの会食の場所は、北池袋《きたいけぶくろ》の中華《ちゅうか》料理店だった。

業界ではよく知られた名店だというからどんな高級店なのかと身構えていたけれど、チャイナタウンの一角にあるこぢんまりした店だったので安心する。テーブル六つだけの狭《せま》さで、華《か》美《び》な装飾《そうしょく》のたぐいも一切《いっさい》ない落ち着いた内装だった。メニューを見ると、値段もお手頃《てごろ》。

「気軽に誘《さそ》ったら気軽に来てくれたけれど、子供が勝手に夕食を外で食べてくるなんてご両親は心配したりしないの？」

キョウコさんはおしぼりで手を拭《ふ》きながら訊《たず》ねる。

「我《わ》が家《や》は毎週金曜日、親が二人で飲みに出かけちゃうんですよ。だからちょうどよかったです。あ、それでなくともキョウコさんの誘《さそ》いなら駆《か》けつけますけど」

「そういう一言をさらっと付け加えるあたり、きみはほんとうに才能があるね」

「……ええと？　なんの才能ですか」

しかしキョウコさんは笑って答えず、メニューを開いて吟味《ぎんみ》を始めた。

「窪井《くぼい》拓斗《たくと》の曲、聴《き》いたよ」

注文を終えてすぐにキョウコさんが言った。

「えっ、あっ、はい。どうも。そういえばもう公開されたんでしたっけ」

いきなり食事に誘《さそ》われたからなにかと思いきや、その話だったのか。昨日はバンドメンバーと先生が見ている前でいきなりメッセージが来たので、気が動転して素っ気ない返信しかできず、用件を確認《かくにん》するのも忘れていた。

「他人事《ひとごと》みたいに言うね」とキョウコさんは笑う。

「自分の曲じゃないですからね……」

「きみのアレンジもかなり入ってるんだろう？　きみが歌ってるパートは全部そうだ」

「わかるものなんですね」

「当然だよ。きみをプロデュースしようとまで言ったんだよ。きみの発表した音源は全部聴《き》き込《こ》んでいるから手触《てざわ》りですぐわかる」

そう言われると面《おも》はゆい。

「しかし、先を越《こ》されてしまったようで悔《くや》しい。きみのはじめての相手は私がつとめたかったのにね」

意味深な言い方に僕《ぼく》はぎょっとしてしまう。音楽の話だよね？

「共作っていっても、ほとんど拓斗《たくと》さんの曲なんですよ、ほんとに。なんていうか、あの人の輝《かがや》きが強すぎて僕《ぼく》の色なんて全然出てないんです」

「それもわかるよ」とキョウコさんは紹興酒《しょうこうしゅ》のグラスを傾《かたむ》けた。「要するにきみは窪井《くぼい》拓斗《たくと》をプロデュースしたんだ。そういうことだろう？」

「え？　いや、そんな――」

畏《おそ》れ多《おお》い、と否定しようとした言葉を僕《ぼく》は呑《の》み込《こ》んだ。

そういうことなのだ。音楽に関しては、嘘《うそ》はつけない。

僕《ぼく》は素材とアーティストを見つけ、企画《きかく》を立て、大勢の手を借りながらも各所に許可をとり、スタジオを確保して、なんとか作品を仕上げた。

あの曲は、僕《ぼく》のプロデュース第一作だ。

「――難しいものですね。なにしていいのか全然わかりませんでした。この先またやる自信も正直あんまりないです」

「いいね。見込《みこ》みがある」

「……はあ」

「演奏に対してびびるやつはプレイヤー失格だ。でもプロデュースに対しては怖《こわ》がらない方がプロデューサー失格だよ。作品に責任を持つのがいちばん大切な役目だからね」

「そんなこと言われるとますますびびるんですけれど」

「そうだ、私がきみをプロデュースするという話はすげなく断られたわけだけれど、逆にきみが私を、という手もあるよね」

「いやいやいや」

さすがにこれは畏《おそ》れ多《おお》さを呑《の》み込《こ》めなかった。世界のキョウコ・カシミアを僕《ぼく》が？　ただの高校生なんだぞ？　プレッシャーで潰《つぶ》れてしまう。

「前にも言ったと思うけれど、プロデューサーというのは名前のついていない仕事の塊《かたまり》だからね。最初からいきなりプロデューサーになった人間なんてただの一人もいない。みんな、あれこれとこなしているうちに仕事がどんどん膨《ふく》れ上《あ》がっていって、気づいたらビッグではあるが自由に手足を動かせない難しい立場にいるんだ」

スキーでこけて斜面《しゃめん》を転がり落ちていくうちに雪玉になるという古風なギャグ表現を僕《ぼく》はそのとき思《おも》い浮《う》かべてしまう。

「でも、ままならない相手と音楽をやるのも楽しかっただろう？」

キョウコさんは酒杯《しゅはい》を持ち上げてガラス越《ご》しに僕《ぼく》の顔を見つめてくる。

今度は、自信を持って答えられた。

「はい。ものすごく」

「それならよかった。きっときみはこの仕事を続けていけるよ」

僕《ぼく》はそこで上目遣《うわめづか》いになっておそるおそる訊《き》いた。

「あのう、僕《ぼく》、音楽の仕事するつもりだって言いましたっけ」

キョウコさんは目を丸くした。

「つもりもなにも、もうやってるじゃないか。かなり稼《かせ》いでるだろう」

「え……ああ、いや、そうですけど、仕事ってわけじゃ」

たしかに音楽でお金をいくらか稼《かせ》いではいる。でも仕事という感覚はない。どれも自分がやりたいことを好き放題やってきたわけで、他人から頼《たの》まれてなにかやったことは一度もない。キョウコさんの言葉を借りれば、責任を負ったことがない。負える気もしない。これって仕事とは呼べない気がする。

「細かい言葉の定義は置いておくにしてもね。きみが今後も音楽以外のことをやって生活しているところが想像できないのだけれど、きみのことをよく知らない私の勝手な思《おも》い込《こ》み？」

「……いやあ、僕《ぼく》もぜんぜん想像できないです。他になんの取《と》り柄《え》もないし」

そこで最初の一皿、豚肉《ぶたにく》となんとか菜とナッツの炒《いた》め物がやってきたのでしばし会話が中断される。味は絶品だった。これは業界で有名になるのもわかる。

「でも僕《ぼく》、まだ高一ですよ。将来のこととかぼんやりしてて」

昨日からの進路どうのこうのの話題がまだ尾《お》を引いていて、つい愚痴《ぐち》ってしまう。

「私は中学生のときにもう夢の実現へのロードマップを引いていたよ。早いも遅《おそ》いもない」

中学生から？

いや、キョウコ・カシミアならまったく不思議ではないか。

「親父《おやじ》もなんか気が早いんですよね。プロになるのか、とか。俺《おれ》の夢を代わりに叶《かな》えてくれとか。昔バンドやってたらしくて。そんなの今言われても困るんですけど、でもキョウコさんは中学生で音楽の道って決めてたんですか、ううん……」

相談する相手を間違《まちが》えていた。いや、相談しているつもりはないのだけれど。ただ、色んな人に話を聞きたいだけで。

ところがキョウコさんは心外そうに言う。

「ちがうちがう。夢の実現というのはミュージシャンのことじゃないよ」

「え？」

「ミュージシャンになるというのは意識的に決断した記憶《きおく》すらない。気づいたら自分も周囲も当然そうなのだろうと受け入れていた」

「えっと、じゃあキョウコさんの夢って」

「世界革命だよ。ジョン・レノンができなかったから私がやる。十四歳《さい》のときにそう決めた」

なんかのインタビューで読んだことある！　キャラ作りじゃなくて本気だったのか。

「だから夢まで道半ばどころか、まだ全然進めていないよ。だいたい、ミュージシャンになるのなんて夢でもなんでもないだろう」

「え……そ、そうですか？」

父が聞いたら激怒《げきど》しそうだ。

「音楽作品をひとつでも発表してミュージシャンだと名乗るだけだよ。べつに資格が必要なわけじゃない。金を稼《かせ》ぐのだってやろうと思えばできる。これがたとえば、ウェンブリースタジアムを満員にするだとかグラミー賞を獲《と》るだとかなら夢と呼んでいいだろうけれど」

「……たしかにそうですね……」

「音楽をやめた人というのは、ただやらなくなっただけだよ。夢は関係ない」

音楽自体は、夢なんかではない。

キョウコさんの言葉がすんなりと染《し》みこんでくる。

考えてみれば、僕《ぼく》にとっては音楽をやっていない自分の方が夢みたいな存在だ。普通《ふつう》に大学に行って、普通《ふつう》の会社に入って、平日は普通《ふつう》にうんざりしながら働いて休日は普通《ふつう》に布団《ふとん》の上でスマホを握《にぎ》ってごろごろしながら使い潰《つぶ》す。うまく思《おも》い浮《う》かべられない。ディテイルが不明《ふめい》瞭《りょう》なところを『普通《ふつう》』なんていうよくわからない言葉でモザイク処理しているだけ。

音楽をやっている僕《ぼく》なら、ありありと思《おも》い描《えが》ける。

キーボードの前に座《すわ》り、ヘッドフォンをかぶり、ピアノロールを見つめ、鼻唄《はなうた》と気ままな即《そっ》興《きょう》演奏を交互《こうご》に繰《く》り返《かえ》し、思いつきをノートに書き付け、傍《かたわ》らのギターを取り上げて膝《ひざ》にのせ、よりよいコードとグルーヴを手探《てさぐ》りし、音源をまとめてみんなにウェブでシェアする。すぐに反応がやってくる。辛辣《しんらつ》なものも、熱烈《ねつれつ》なものも、あたたかいものも。

この上なくクリアで、リアルだ。

「しかしまさか、きみに進路相談されるとは思ってもみなかった」

大根餅《もち》を箸《はし》でちぎりながらキョウコさんは面白《おもしろ》がっている口調で言う。

「この業界の中についての具体的な質問ならいくらでも答えるけれどね。業界に来るかどうかの話なんて」

「いや、あの、仮に、ですよ、純粋《じゅんすい》な好奇心《こうきしん》からですけど、僕《ぼく》じゃなくてべつの、どこかの音楽好きの高校生が、ミュージシャンになりたいんですけどどうすればいいですかって訊《き》いてきたら……キョウコさんはどうしますか」

そんな失礼な質問をされたら怒《おこ》るだろうか。というか僕《ぼく》のこの好奇心《こうきしん》だけからの質問自体がすでに失礼千万だろうか？

キョウコさんは眉根《まゆね》をちょっと寄せて考えた。

「私がそんな問いをぶつけられるシチュエーションというのはちょっと想像できないな」

「たとえばキョウコさんの大ファンで憧《あこが》れて音楽の道に、とかそういう微笑《ほほえ》ましい感じなら」

「憧《あこが》れて？　ふむ。それは哀《かな》しむね」

「え？」

聞き間違《まちが》いだろうか、と思う。

でもキョウコさんの顔からは笑《え》みが消えている。

「私に憧《あこが》れて音楽の道に入ろうなんて人間が現れたら、悔《くや》しいよ。私の曲を聴《き》いてもその子は屈《くつ》しなかったということだろう？」

グラスに最後に残った酒でキョウコさんは唇《くちびる》を湿《しめ》らせる。

「私は音楽で夢を与《あた》えたくなんてないんだ。ただ圧倒《あっとう》したい。もし音楽が夢だと考えている人がいるのだとしたら、私の歌でその夢を手折《たお》ってあげたい。積み上げた夢のなきがらの数が、私の力の証明になる」

言葉を失うしかなかった。

この人の美しさはこうして磨《みが》かれてきたんだ、と僕《ぼく》は思った。この人の革命に続く道は、多くの人々の骨と涙《なみだ》で舗装《ほそう》されている。

僕《ぼく》は――どうだろう？

食べ終わった後、財布《さいふ》を取り出そうとした僕《ぼく》の腕《うで》をキョウコさんはつねり、笑ってお勘定《かんじょう》を全部払《はら》ってくれた。

「高校生に一円でも払《はら》わせるわけにはいかないよ。誘《さそ》ったのは私だし」

「はあ。ごちそうになります」

「次にきみに頼《たの》み事をするときにほんのわずかでも断りにくくなる、と考えれば安い投資だ」

「う。それは」

ただより高いものはない、か。なにを頼《たの》まれるんだろう。キョウコさんの頼《たの》みなら少なくともただ僕《ぼく》が面倒《めんどう》をかぶるだけの話ではないだろうけれど。

キョウコさんと別れた後、僕《ぼく》は駅のプラットフォームで電車を待つ間、スマホにイヤフォンをつないで『黒死蝶《こくしちょう》』のライヴ映像をまた再生する。

激しく冷たいビートに合わせて、二羽《わ》の蝶《ちょう》がなまめかしく絡《から》み合《あ》いながら舞《ま》っている。黒川《くろかわ》さんと蝶野《ちょうの》さん、それぞれのむき出しの肩《かた》に彫《ほ》られた刺青《いれずみ》だ。

黒揚羽《くろあげは》と、茜揚羽《あかねあげは》。

目を閉じても二羽《わ》はまぶたの裏の暗闇《くらやみ》でいっそう烈《はげ》しく踊《おど》り続ける。燃えさかる炎《ほのお》を突《つ》き抜《ぬ》けて、二重螺旋《らせん》の軌跡《きせき》を描《えが》きながら月に向かって昇《のぼ》っていく。

たどり着けるのだろうか。どこかで力尽《ちからつ》き、身も翼《つばさ》も脚《あし》もばらばらになって風に呑《の》み込《こ》まれて落ちていってしまうのだろうか。

動画を止め、黒川《くろかわ》さんに電話した。

6コール目で通話がつながる。

『……はい。どした』

「……あの。ライヴにですね。……蝶野《ちょうの》さんの例のやつ」

『ん？　ああ、うん。あれ、やっぱり中止にしてもらうしか——』

「演《や》りましょう」

『え？』

「おまえ出たら、って言ってましたよね。僕《ぼく》、出ますから」

*

たまに明言しておかないと忘れられそうになるからはっきりいうが、僕《ぼく》は男だ。

『黒死蝶《こくしちょう》』のヴィジュアルコンセプトである男装女性を、男である僕《ぼく》がやったら、元の性別通りになるだけだろう。……そう思っていた。ライヴ当日までは。

「どうっ？　完璧《かんぺき》じゃないっ？」

ライヴスペースの控《ひか》え室《しつ》で、僕《ぼく》のメイクを終えた小森《こもり》先生は得意満面で言った。

鏡を見た僕《ぼく》は啞然《あぜん》とした。裏の裏は表——ではなかった。

「たしかにこれは……男装した女の子、に見える」と横から凛子《りんこ》が感嘆《かんたん》した。

「ああああああ真琴《まこと》さん、こんなにりりしくなってしまって、普段《ふだん》からこんなだったら私の心臓は保たないところでした」逆側で詩月《しづき》が大騒《おおさわ》ぎする。

「あたしの衣装《いしょう》チョイスもほめて！」と朱音《あかね》が背後で声を弾《はず》ませる。「V系でかわいさも残しつつかっこよくシャープに、ってなかなか難しくてね！　昔のＴＭＲのライヴ映像観《み》まくって参考にしたんだよ」

言われてみればたしかに。時代がかったひらひらの袖《そで》のブラウスを腰《こし》のラインのきついベストできゅうっと締《し》め、下は黒のホットパンツ、そしてラメ入りの毒々しい柄《がら》のタイツ。若くて細身だった頃《ころ》の西川貴教《にしかわたかのり》テイストだ。おまけにダークな口紅とアイシャドウと大きめのピアスで顔面がデコレートされている。

控《ひか》え室《しつ》に入ってきた黒川《くろかわ》さんも僕《ぼく》の顔をのぞきこんで言う。

「へえ。大したもんじゃないか」

大したものなのは黒川《くろかわ》さんの方だった。黒と銀を基調にしたぴったりとしたラインの衣装《いしょう》は全身が黒光りする刃物《はもの》みたいだ。ノースリーブで、肩《かた》の揚羽蝶《あげはちょう》の刺青《いれずみ》が見えている。メイクは僕《ぼく》のものよりもずっとさりげないけれど元々の顔立ちの鋭角的《えいかくてき》な魅力《みりょく》がいっそう増している。

これは信者が大勢つくわけだ。

「小森《こもり》がやってくれたの？　ありがとう」

「伝説の復活ライヴただで観《み》られるんだから安いくらいですっ」と小森《こもり》先生。なんと、前々から『黒死蝶《こくしちょう》』のことは知っていたらしい。黒川《くろかわ》さんの親友である華園《はなぞの》先生の後輩《こうはい》なので、何度か一緒《いっしょ》に遊びにいったこともあるのだそうだ。

控《ひか》え室《しつ》の扉《とびら》が開き、入ってきたのは蝶野《ちょうの》さんだった。

「すごい人数だね。対バンの子たちもそろそろ来るし入りきらなくなるよ」

彼女《かのじょ》もまた、黒川《くろかわ》さんに負けず劣《おと》らず、赤と黒の触《さわ》るだけでやけどしそうな危険な香りたっぷりのコーディネイト。これでギターもESPの深紅《しんく》のフレイム柄《がら》だから徹底《てってい》している。

彼女《かのじょ》の目も僕《ぼく》に留まった。

「めっちゃ似合ってるね。でもそんな気合い入れなくてもよかったのに。真琴《まこと》ちゃんはマニピュレータだろ」

操作手《マニピユレータ》とは、音楽の分野では、プログラミングされた曲を扱《あつか》う職を指す。裏方というニュアンスの強い言葉で、ステージに立たないことがほとんど。現在の『黒死蝶《こくしちよう》』はヴォーカル黒川《くろかわ》とギター蝶野《ちようの》のデュオなので、それ以外のパートをすべて打《う》ち込《こ》みで演《や》る。ステージにおいては演目の進行に合わせてシーケンサを操作する係が必要になるので、今回の『黒死蝶《こくしちよう》』復活ライヴでは僕《ぼく》がその役を買って出た、という話なのだが——

「……あの、本番前まで黙《だま》っててすみません。実はマニピュレータじゃないんです。ステージにも出させてもらうんです」

蝶野《ちようの》さんはかすかに目を見開いた。

「どういうこと？」

責める口調ではなかった。かといって歓迎《かんげい》しているふうでもない。おやつを盗《ぬす》もうとした猫《ねこ》に話しかけているみたいな顔だ。

どう説明すればいいものか迷っている僕《ぼく》の横から黒川《くろかわ》さんが代わりに言う。

「プレイヤーとして出るってこと。せっかくあのPNOの村瀬《むらせ》真琴《まこと》に自前のキーボードまで持ってきてもらって、裏方だけやらせるなんてもったいないだろ」

蝶野《ちょうの》さんは目だけ動かして僕《ぼく》と黒川《くろかわ》さんの顔を二回ずつ見比べた。

それから肩《かた》を落としてつぶやく。

「なるほどね。ぎりぎりまで黙《だま》っとけばもう断るわけにもいかなくなるから、ってことか」

僕《ぼく》は首をすくめた。その通りだった。

「まあ、こっちも同じことをしたから文句は言えないか」

蝶野《ちょうの》さんもライヴ一週間前になっていきなり黒川《くろかわ》さんとの共演が既成《きせい》事実みたいな情報をネットに流したわけだし、同じ穴の狢《むじな》か。それで僕《ぼく》の罪が軽くなるわけではないけれど。

「さっきのリハでばっちりだったから、そのままやってくればいいんだけど」

釘《くぎ》を刺《さ》すような蝶野《ちょうの》さんの目を僕《ぼく》は気丈《きじょう》に見つめ返す。

「あれの十倍良《い》いプレイをします」

「そう。あたしと黒川《くろかわ》の邪魔《じゃま》をしないんなら、べつにいいけど」

そう言い置いて蝶野《ちょうの》さんは狭苦《せまくる》しい控《ひか》え室《しつ》を出ていく。

もちろん邪魔《じゃま》するつもりだった。そうでなきゃ黒川《くろかわ》さんに頼《たの》み込《こ》んでまで飛び入り参加した意味がない。

「じゃ、私も本番前にちょっと仕事があるから」

黒川《くろかわ》さんもそう言って蝶野《ちようの》さんの後に続いて部屋を出ていく。

と、すぐ外で女性の黄色い声が吹《ふ》き荒《あ》れた。

「ほんとに『黒死蝶《こくしちよう》』だったんですね！　大ファンなんです！」

「伝説の夜にご一緒《いつしよ》できて！　もう死んでもいいです！」

「シャツにサインもらっていいですかっ？　ああもう全身書いてください！」

ドアの隙間《すきま》から廊下《ろうか》をそうっとのぞくと、ギターケースを肩《かた》にかけた大学生くらいの女の子たちが蝶野《ちようの》さんと黒川《くろかわ》さんを取り囲んで顔を紅潮させて口々に感激の言葉を浴びせている。

「対バンの人たちみたい」と僕《ぼく》は室内の面々に報告した。

「ほんとすごい人気だね。チケットも瞬殺《しゆんさつ》だったみたいだし」

朱音《あかね》がしみじみとため息を漏《も》らす。

「考えてみればステージ上の真琴《まこと》さんを客席から観《み》るのってはじめてですね！」と詩月《しづき》が声を弾《はず》ませた。「しかもこんな麗《うるわ》しい——少年なのだか少女なのだかよくわからないかっこうで、しかも男装麗人《れいじん》ふたりに挟《はさ》まれてオセロのように真琴《まこと》さんの性別はひっくり返ってしまうんですね……あれっ？　でも男装女性がひっくり返ったら……女装男性？　それはいつもの真琴《まこと》さんではないでしょうか？　混乱してきました」

いつもの詩月《しづき》さんなので安心してきました。

「ねえねえ村瀬《むらせ》君インスタにあげていいよねっ？　ねっ？　最高傑作《けっさく》だし！」

小森《こもり》先生の熱烈《ねつれつ》な頼《たの》みに今回ばかりはＮＯと言えない僕《ぼく》だった。僕《ぼく》が出演を勝手に決めたせいで先生に手間をかけさせたわけだし。

最後に凛子《りんこ》が僕《ぼく》を頭のてっぺんから爪先《つまさき》まで見回して言う。

「ライヴパフォーマンスという名目で、ステージでキスしたりしないように。性犯罪」

「しねえよ！」

スタジオ『ムーン・エコー』地下のライヴスペースは、キャパシティ三百。東新宿駅から徒歩2分、新宿駅からでも7分というアクセスの良さもあって都内有数と呼んで差《さ》し支《つか》えない箱だった。客席を埋《う》められるアマチュアバンドはそうそういない。

しかしその夜、ホールを埋《う》め尽《つ》くしたのは、どう見ても三百人どころではなかった。五百人近くいるのではないだろうか。『黒死《こくし》蝶《ちょう》』復活がネットで話題になってから、スペースをやりくりしてチケットを追加販売《はんばい》したとは聞いたけど。

あるいは客のほとんどがきらびやかなゴシックファッションに身を包んだ若い女性だというのも異様な密度と息苦しさを感じさせる一因かもしれなかった。暗がりの中で妖《あや》しく蠢動《しゅんどう》する黒や赤や銀のフリル、きらめくアクセサリ。なるほど黒蜜蜂《くろみつばち》とは言い得て妙《みょう》だ。

オープニングアクトをつとめた対バンの人気もなかなかのもので、会場の暖気は上々。ざわめく薄明《うす》かりの中でスタッフたちがセッティングに走り回っている。

使われないドラムセットの前に、僕《ぼく》のYAMAHAとKORGの二段重ねが置かれ、傍《かたわ》らの机にはノートPC、さらにマイクスタンドが立てられる。それを見て蝶野《ちょうの》さんが言った。

「あんたも歌うの？」

「はい。リハーサルではやりませんでしたけど」

「ふうん。たしかに黒川《くろかわ》は声が低いからあんたも音域はちょうどいいかもね」

感情のコントロールがほんとうに上手《うま》い人なのだ。これまで何人ものやめていくバンドメンバーを見送ったときも、たぶんこんな平然とした顔をしていたのだろう。

「だけど、あたしのギターは黒川《くろかわ》のためだけにあるから」

ギタリストにこんなことを言ってもらえるヴォーカリストは幸せだろうな、と思う。

でも――

「はい。わかってます」

でも今夜、僕《ぼく》は奪《うば》いにきたのだ。

あなたから黒川《くろかわ》さんを。そして黒川《くろかわ》さんからあなたを。

スタッフが手を上げて合図した。ホールの照明がすべて落ち、張《は》り詰《つ》めた暗闇《くらやみ》が黒蜜蜂《くろみつばち》たちの大歓呼《かんこ》を誘《さそ》う。

僕《ぼく》は身を屈《かが》めてステージにのぼり、ＰＣのシーケンサを起《た》ち上げる。電気信号が血流となって回線を駆《か》け巡《めぐ》るのが見えた気がする。

考えてみれば、バンドの同期演奏はこれまで何度もやってきたけれど、リズムトラックまで含《ふく》めての完全な打《う》ち込《こ》みの曲をステージで披露《ひろう》するのははじめてのことだった。今日がおまえの初舞台《はつぶたい》だな、と僕《ぼく》は声に出さずにノートＰＣに語りかける。ベースもドラムスもおまえが担当だ。いつもみたいな、ロックサウンドへの遠慮《えんりょ》なんて要《い》らないぞ。僕《ぼく》が三日三晩かけて仕込《しこ》んだごりっごりのエレクトロをホールいっぱいに響《ひび》かせてやれ。

準備を終えて身を起こすと、ふたつの影《かげ》が目の前にあった。

一人はマイクスタンドを引き寄せ、もう一人はスタンドからギターを取り上げてストラップに肩《かた》をくぐらせる。

闇《やみ》の中で赤と黒の蝶《ちょう》が翅《はね》を揺《ゆ》らめかせる。闘《たたか》いの舞《まい》だ。

突如《とつじょ》、ステージに光が降り注いだ。

二人の輪郭《りんかく》が僕《ぼく》の視界に刻みつけられ、その向こうで何百人もの黒蜜蜂《くろみつばち》たちが沸《わ》き立《た》つ。

黒川《くろかわ》さんが背中で合図したのがわかった。微動《びどう》だにしていないはずなのに、それでも僕《ぼく》への命令が聞こえた。たぶんこの夜に集まったみんなは、最初になにかまず言葉を期待していただろう。渇《かわ》いた四年間を埋《う》める、贖罪《しょくざい》や感謝や慰《なぐさ》めの言葉を。

でも、二人の女王はそんな甘《あま》さなど持ち合わせていなかった。

僕《ぼく》はノートPCに手を走らせた。ピアノロールの上をバーが転がり始める。ホールいっぱいに虫の鳴き声のようなノイズが満ち、歓声《かんせい》を呑《の》み込《こ》んで磨《す》り潰《つぶ》し、やがて分厚く均一に冷たいシンセストリングスの音圧に変わる。

蝶野《ちょうの》さんが蠱惑的《こわくてき》な手つきでイヤフォンを押《お》し込《こ》み、ピックを握《にぎ》り直した。僕《ぼく》らの間でだけ聞こえるクリック音がビートの始まりを告げる。

鮮《あざ》やかなディストーションサウンドが暗闇《くらやみ》を切《き》り裂《さ》いた。

六本の弦《げん》、二十二のフレット、銀河の広さに等しい音域を茜色《あかねいろ》の蝶《ちょう》が駆《か》け巡《めぐ》る。人間の感覚では残された軌跡《きせき》しか捉《とら》えることはできない。BPM220——それはもはや踊《おど》るためではなくただ理性を熔《と》かしていくための速さだ。楽園に閉じこもっていた僕《ぼく》にとって、まったく未体験の嵐《あらし》。客席が煮《に》え立《た》つ海に変わる。

歌声が——それを瞬時《しゅんじ》に凍《こお》り付《つ》かせ、踏《ふ》み砕《くだ》いた。

身を二つ折りにして咆《ほ》える彼女《かのじょ》は、僕《ぼく》が一度も見たことのない姿をしていた。スタジオのカウンターの向こうでバンドマンたちを見守る若隠居《わかいんきょ》の面影《おもかげ》はどこにもなかった。乾《かわ》く間もなく血を浴び続けてきた戦士の後ろ姿だ。声がまっすぐに僕《ぼく》の心臓を貫《つらぬ》く。リハーサルのときに素知らぬ顔で武器を隠《かく》していたのは僕《ぼく》だけじゃなかったのだ。それは釘《くぎ》とか銃弾《じゅうだん》とかそんななまやさしいものではなかった。大地を穿《うが》つ杭打機《パイルドライバー》だ。意識の底の底にまで届き、深みでどろどろと対流していたマグマを噴《ふ》き上《あ》がらせる。

ホールすべてが溶《と》け合《あ》いそうなほどの熱狂《ねっきょう》の中で、けれど僕《ぼく》は寒々しく思う。

これほどの歌声の持ち主でも、音楽をやめるのか——と。

ある意味では朱音《あかね》以上に僕《ぼく》の理想の声だった。少年の灼《や》けつくような憧憬《しょうけい》と、少女のふと目をそらした間に消えてしまいそうな美しさと、青年のしなやかな力強さが完璧《かんぺき》に同居していて、そこに朱音《あかね》にはない苦みが含《ふく》まれていた。支配者の傲岸《ごうがん》さだ。

ほんとうに、ステージのど真ん中でスポットライトと大勢の視線と歓声《かんせい》を浴びるために生まれてきたみたいな人だった。

それなのに、音楽をやめるのだ。

どうして？

二羽《わ》の蝶《ちょう》はなにも答えない。ただ歌い、舞《ま》い踊《おど》り、群れを煽《あお》り、火を振《ふ》りまくだけだ。答えは僕《ぼく》が見つけなければいけない。

歌の切れ間に客席の蠢《うごめ》く塊《かたまり》が大きくうねり、波打つ。ギターソロの跳《は》ねるフレーズに呼応するようにして数百の腕《うで》が打《う》ち振《ふ》られ、暗い虚空《こくう》に花びらを散らせる。蝶《ちょう》と蜜蜂《みつばち》たちとが何年もかけて作り上げてきたステージワーク。彼女《かのじょ》たちの夢の一夜。

僕《ぼく》はその中に踏《ふ》み込《こ》む。最初は注意深く、ストリングスの中に身を潜《ひそ》めたオルガンのたなびく煙《けむり》みたいなフレーズで。

蝶野《ちょうの》さんだけは気づいた。

剝《む》き出《だ》しの肩《かた》がぴくりと反応し、身体《からだ》がわずかにこちらに向いた。ギターソロの旋律《せんりつ》をなぞりながら、激しい上下動の谷間を息継《いきつ》ぎの対旋律《たいせんりつ》で埋《う》めていく。遅《おく》れないように、追《お》い越《こ》さないように、見失わないように。

巡《めぐ》ってきた三度目のコーラスで僕《ぼく》は二人のハーモニーに飛《と》び込《こ》んだ。

震《ふる》えが伝わってくる。観客たちの。そして黒川《くろかわ》さんと蝶野《ちようの》さん二人の。

音楽は――競争でも闘争《とうそう》でもない。響《ひび》くかどうかの世界に勝ちも負けもない。調和だけで成り立っている儚《はかな》いまぼろしなのだから。

それでも、殺すことはできる。内側から冒《おか》して、融《と》かして、焼《や》き尽《つ》くして、二度と立ち上がれないほどにぼろぼろにすることはできる。その毒は聴《き》き手の望みでさえある。歌い手の悦《よろこ》びでもある。

夢を与《あた》えるために音楽があるわけじゃない。

僕《ぼく》はキョウコ・カシミアの言葉をまた思い出す。

夢なんて死にかけの朦朧《もうろう》とした頭でそれぞれ勝手に見ればいい。僕《ぼく》はそれごと、おまえたちのいのちを持っていく。

黒川《くろかわ》さんが振《ふ》り向《む》いた。イヤリングの先が光の弧《こ》を描《えが》く。僕《ぼく》を指さす。スポットライトまでもが応えて僕《ぼく》を捉《とら》える。

二曲目。おまえが歌え、と。

僕《ぼく》は身を乗り出してマイクに唇《くちびる》を寄せる。

束《つか》の間《ま》、リズムトラックが静まってホールの熱狂《ねっきょう》に風穴を開ける。僕《ぼく》はその空隙《くうげき》にフェイザーを効かせためまいのするようなシンセブラスの大跳躍《だいちょうやく》アルペッジョをねじ込《こ》む。声をマイクに叩《たた》きつけた瞬間《しゅんかん》、客席の波濤《はとう》が砕《くだ》けた。『黒死蝶《こくしちょう》』ファーストアルバムのオープニングナンバー、これまでライヴで一度も欠かすことなくプレイされてきた人気曲だ。僕《ぼく》の毒を黒蜜蜂《くろみつばち》たちが受け入れ、呑《の》み込《こ》んだのだ。

紅色が僕《ぼく》の視界を薙《な》ぎ斬《き》る。

振《ふ》り返《かえ》った蝶野《ちょうの》さんが、僕《ぼく》と向かい合わせになり、暴走する僕《ぼく》の指が勝手に吐《は》き出《だ》すフレーズにぴったり寄《よ》り添《そ》ってギターリフを走らせている。

シンバルが弾《はじ》けた。

新しい血がビートに合わせて次々に送《おく》り込《こ》まれてくる。もう止まれない。僕《ぼく》の歌に黒川《くろかわ》さんの声が突如《とつじょ》として重ねられる。ハイウェイを併走《へいそう》する車から車に跳《と》び移《うつ》るみたいに危険で心沸《わ》き立《た》つ挑発《ちょうはつ》だ。応えないわけにはいかない。僕《ぼく》ら三人は笑い合い、身体《からだ》をぶつけ合い、血まみれになりながら熱の渦巻《うずま》くトンネルになだれ込《こ》む。

ギターソロの電流がどこに向かっていくのか、どんな色の火花を散らすのか、暗い壁面《へきめん》にどんな軌跡《きせき》を描《えが》くのか、一呼吸前にわかる。神経の一本一本がスティール弦《げん》に変わり、その表面を蝶野《ちょうの》さんの指がたどっているみたいだ。

僕《ぼく》はこの人のことをほとんど知らないのに、生まれたときから五感すべてが縒《よ》りあわされていたようなおぞましくも心地《ここち》よい錯覚《さっかく》に陥《おちい》る。ほんの十日ほど前に逢《あ》ったばかりなのに。和声《コード》と律動《リズム》はそのために生み出されたのだ。

音楽にまつわるすべては、ほんのひとときの、世界まるごとが溶《と》け合《あ》う錯覚《さっかく》のために。

僕《ぼく》はグリッサンドで鍵盤《けんばん》上にもやついた熱気をみんな薙《な》ぎ払《はら》い、最高音をオクターヴで三度叩《たた》いて歌を断《た》ち切《き》った。

頭蓋骨《ずがいこつ》が割れるのではないかと思うほどの歓声《かんせい》が押《お》し寄《よ》せてきて、僕《ぼく》はふらつき、背後にあるドラムセットのシンバルに肩《かた》をぶつけてしまう。

黒川《くろかわ》さんがまた振《ふ》り返《かえ》った。

今度ははっきりと僕《ぼく》の目を見て、微笑《ほほえ》んでいる。汗《あせ》がこめかみに光る。

蝶野《ちょうの》さんはけだるげにギターのネックを下げ、ちらと僕《ぼく》を一瞥《いちべつ》し、ノートＰＣをあごでしゃくった。

次の曲を、と。

僕《ぼく》はタッチパッドに手を伸《の》ばす。

三曲目のイントロの長く薄《うす》く塗《ぬ》り広げられた不協和音が、ホールをまたちがう色の海水で満たしていく。遠くからファクトリーノイズのハーフリズムが近づいてくる。数百の観客の手拍《てびょう》子《し》がそこに加わる。

黒川《くろかわ》さんを見つめ返し、歌の最初の一句を渡《わた》す。唇《くちびる》から唇《くちびる》へ。

次はまた、あなたの番だ。

赤と黒の蝶《ちょう》は再び半円を描《えが》いて客席へと向き直る。ぬかるんで泡立《あわだ》つ蜜蜂《みつばち》たちの夢の中に深く深く潜《もぐ》り込《こ》んでいく。

永遠に続けばいい、と僕《ぼく》は矛盾《むじゅん》した想《おも》いをそのときふと抱《いだ》く。醒《さ》めた後に横たわっているものは地面に引かれた冷酷《れいこく》な一本のラインだ。越《こ》えていくか留まるか、選ばなければいけない決断の時間だ。そんなもの忘れて、壊《こわ》れて、この夜に囚《とら》われてしまえばいい。そう願いながら、僕《ぼく》はピッキングハーモニクスの長い咆哮《ほうこう》に激しいトレモロをぶつけた。

＊

「——黒字だよ。さすがだな」

そう言って黒川《くろかわ》さんは蝶野《ちょうの》さんに茶封筒《ちゃぶうとう》を手渡《てわた》した。中身の札をたしかめた蝶野《ちょうの》さんは、面白《おもしろ》くなさそうな顔で無造作にギターケースのポケットに突《つ》っ込《こ》む。

ライヴが終わった後の、薄暗《うすぐら》い『ムーン・エコー』一階機材倉庫。ひどく寒く、汗《あせ》が冷えて肌《はだ》を刺《さ》し、一月だということを思い出させる。バンドメンバーだけで話したい、といって黒川《くろかわ》さんが人払《はら》いをしたので、スタッフの姿はない。

三人とも、化粧《けしょう》も舞台衣装《ぶたいいしょう》もそのままだ。

大音響《だいおんきょう》の震動《しんどう》がまだ指先や耳たぶに残っている気がする。髪《かみ》の毛《け》の一本一本にまで心地《ここち》よいしびれが染《し》みこんでいるのが自分でわかる。

この場にいるべきじゃないんだろうな。これから二人の間で大切な、そして余人にはたぶん聞かせたくない話をするはずだ。でも、僕《ぼく》の気まずさを察したのか黒川《くろかわ》さんが言う。

「マコもいてよ。今夜だけはメンバーなんだし、証人にもなってほしいし」

自分がしたことの結末を見届けられるのはありがたくもあり、心が重くもあった。証人、と僕《ぼく》は目を伏《ふ》せた。

先に蝶野《ちょうの》さんが話を始めた。

「評判いいみたい。完全復活だってみんな喜んでるよ」

スマホの画面をこちらに向けてみせる。ファンコミュニティの書《か》き込《こ》みを調べたのだろう。

黒川《くろかわ》さんは複雑そうな顔になった。

「……それはよかった。最後に良《い》い思い出残せたかな」

蝶野《ちょうの》さんは口をつぐみ、しばらくじっと黒川《くろかわ》さんの唇《くちびる》を見つめた。もどかしい間を置いて再び口を開く。

「……声も落ちてなかった。昔よりむしろ上手《うま》くなってた。トレーニング続けてたんだろ。客もノセてた。なんで最後なんて話になるんだ？」

黒川《くろかわ》さんは相方の視線に耐《た》えていた。ほんとうは顔をそむけて楽になりたかったのだろう。でも彼女《かのじょ》たちの間にある、意地とか矜持《きょうじ》とかいったものが許さなかった。

「……説明は難しいけど」

そうつぶやいた黒川《くろかわ》さんは、親指で僕《ぼく》を示した。

「こいつのプレイ、どう思った？」

蝶野《ちょうの》さんは眉根《まゆね》を寄せて首をかしげた。ずっと疑問だったのだろう。なぜ今夜、僕《ぼく》という部外者が立ち会ったのか。

「どう、って。……なかなかすごかったよ。出しゃばってくるだけのことはあった。うちらの曲、めっちゃ研究してたんだろうな。時間もなかったのに。ぶっ壊《こわ》せるところはぶっ壊《こわ》しといて、壊《こわ》しちゃいけないとこはしっかり手つかずだった。ソロ以外じゃ絶対にうちらより前に出ないようにしてたし。ギャラが安いなら今後もオケ全部任せたいけど多分うちらのバックに収まるようなタマじゃ――」

言葉が途切《とぎ》れた。

黒川《くろかわ》さんが、ひどく哀《かな》しげに微笑《ほほえ》んでいたからだ。

「すごかった、の後にそんだけしゃべれるんなら、あんたはそっち側ってことだよ」

「なんだそりゃ」

解き放たれたようなさっぱりした表情で、黒川《くろかわ》さんは蝶野《ちょうの》さんから視線をようやく外して天井《てんじょう》を仰《あお》いだ。もう、意地を張る必要もなくなったのだろう。

「私はさ、マコの歌聴《き》いたら、すごかった、で終わりなんだよ。その先がないんだ」

ライヴの熱が引いて萎《しお》れていく身体《からだ》に、黒川《くろかわ》さんの剝《む》き出《だ》しの言葉が染《し》みこんできて痛む。

「他人の音楽で思いっきり打ちのめされて、胸いっぱいになって、満足しちゃうようなやつはそこまでなんだよ。自分で音楽やらなくていいんだ。私はそうだった。あんたのギター聴《き》いても同じだった。ああ、すごいなこいつら、って。そこでおしまい」

たぶん黒川《くろかわ》さんがまっすぐに僕《ぼく》のことを評価してくれたのはこれがはじめてで——

でも、まるでうれしくなかった。

ただ、さびしさが伝わってきただけだった。

「私はどうしようもなく、こっちの国の人間なの。自分でも残念だけどね。国境をどうしても踏《ふ》み越《こ》えられなかった。だからあんたらを見送るよ」

その言葉に僕《ぼく》以上に切《き》り裂《さ》かれ、傷つけられたのは、もちろん蝶野《ちょうの》さんだろう。

返される言葉はひとつもなかった。黒川《くろかわ》さんの想《おも》いには嘘《うそ》も飾《かざ》りもなく、心臓どうしを直接触《ふ》れ合わせたかのように響《ひび》いてきた。

別れのしぐさは素っ気なく、でも素敵《すてき》だった。蝶野《ちょうの》さんの手が黒川《くろかわ》さんの肩《かた》の黒揚羽《くろあげは》をそっと包む。黒川《くろかわ》さんも同じように、茜揚羽《あかねあげは》に手のひらを沿わせる。

熱のない、最後の一触《ひとふ》れ。

蝶野《ちようの》さんが出ていってしまってから、倉庫の中には奇妙《きみよう》な空気がわだかまっていた。弛緩《しかん》していて、くすぐったくて、微温的《びおんてき》で、それでいて肌寒《はだざむ》い。

なにか言おうかだいぶ迷ったけれど、僕《ぼく》も黒川《くろかわ》さんを残して廊下《ろうか》に出た。

ドアを閉める寸前に見た彼女《かのじよ》は、壁際《かべぎわ》に何本も立ててあったマイクスタンドのひとつを指でたどっていた。その先に掲《かか》げられた、見えない土地の名前を読み取ろうとするように。

バンドメンバーは、スタジオ出てすぐの路上で待っていた。三人とも着ぶくれしたコートやジャンパー姿で、冬だということを思い出し、ライヴの余熱が身体《からだ》から消し飛んだ。小脇《こわき》に抱《かか》えていたダッフルコートをあわてて羽織る。

「真琴《まこと》さーんっ！」

最初に気づいた詩月《しづき》が手を振《ふ》って駆《か》け寄《よ》ってくる。

「……なにしてんの。いつになるかわからんし先帰っててていいよって言ったのに」

「なにって、出待ちだよ出待ち！」朱音《あかね》も近づいてきて妙《みよう》に興奮気味に言う。「V系のバンギャルといえば出待ちだよね！　一度やってみたかったんだ」

「黒蜜蜂《くろみつばち》さんたちはものすごく統制がとれていて」と凛子《りんこ》が駅の方を見やる。「出待ち厳禁がファンクラブの規約らしくて全員すぐ帰っていった」

それで一人も見当たらないのか、と僕《ぼく》は歩道を見渡《みわた》す。たしかにあの人数、あの熱意、そしてあのコスチュームで出待ちされたら周辺住民は怖《こわ》がりそうだ。

「真琴《まこと》さんもすっごくよかったです、最高でした！　この衣装《いしょう》、今度うちのライヴでもやりましょうか。私たちも男装して」

「いやあ、それは……蝶野《ちょうの》さんのパクリになっちゃうし……」

「黒川《くろかわ》さんと蝶野《ちょうの》さんは？　いっしょじゃないの？　打ち上げとかやらないの」

朱音《あかね》の問いに僕《ぼく》は首を振《ふ》る。

理由を説明する気力はなかったので、「なんか、忙《いそが》しいとかで」とごまかす。

「残念。ビル持ち大富豪《だいふごう》におごってもらいたかったのに」と凛子《りんこ》。「じゃあ、わたしたちだけでいきましょう。いつものマックでいい？」

肩《かた》を寄せ、少女たちは横断歩道へと歩き始める。

「三曲目の蝶野《ちょうの》さんのリフすごかったね！　あれ全部ダウンピッキングでしょ？　あたしあんなダウン筋ないからなあ」

「うちはあのテンポの曲やりませんし。でもあのテンポでキックを裏拍《うらはく》っていうのは打《う》ち込《こ》みならではですね。さすが真琴《まこと》さんのアレンジです。グルーヴがないのを逆に利用して」

「トーンの開閉がちょっとクラリネットのソロっぽくて面白《おもしろ》かった。あれは手動でやっているの？　なにかそういうエフェクターがあるなら今度教えて」

口々に語る三人を少し離《はな》れて追いかけながら、思う。

こいつら、音楽の話しかしないんだな。音楽を聴《き》いた後に。

僕《ぼく》だってそうだ。『黒死蝶《こくしちょう》』が自らの手によって葬《ほうむ》られようとしていたあの場に立ち会っていたのに、考えていたのはこんなことだった。もうあの打《う》ち込《こ》みのオケを使う機会もないのか。それならいじり回して自分の曲に流用しようかな——と。

おまえたちはそちら側だと、黒川《くろかわ》さんは言っていた。

たぶんその通りなんだろう。夢の内側にいる人間にとっては、夢の方が現実なのだし。

『ムーン・エコー』の入り口を振《ふ》り返《かえ》る。

ガラスドアの奥《おく》、カウンターにひとつだけ影《かげ》がある。ビラを入《い》れ替《か》え、ポスターを貼《は》り替《か》える作業の最中だ。熱に浮《う》かされたこの夜はもう終わり、またべつのだれかが踊《おど》り明《あ》かす次のライヴが巡《めぐ》ってくるのだ。

彼女《かのじょ》が蝶《ちょう》になった夢を見ていたのか、蝶《ちょう》がいま彼女《かのじょ》という夢を見ているのか——だれにもわからない。

おやすみなさい。

僕《ぼく》はうつつとの継《つ》ぎ目《め》に向かってそうつぶやき、踵《きびす》を返《かえ》して三人の少女たちを追いかけ、明《めい》滅《めつ》する青信号を走って渡《わた》った。

Paradise NoiSe

Tomoe Komori

3　王様と老いた獣《けもの》

楽器の王様、と聞いてなにを思《おも》い浮《う》かべるだろうか。

わりとどうでもいい話題なのだが、ちょっとした議論になったことがあるのだ。

三月、我《わ》が校《こう》では学年最後のお祭りイベントとして音楽祭が催《もよお》される。メインはクラス対抗《たいこう》による合唱コンクールなのだけれど、ラストに有志によるバッハのカンタータ演奏を予定しており、もっか練習中なのだった。

この有志合唱団、かつて華園《はなぞの》先生の人気や詩月《しづき》の営業努力（？）によって全校からかき集められたため、音楽選択《せんたく》でない生徒もかなり多く含《ふく》まれ、したがって平均的にあまり音楽について詳《くわ》しくない。練習中にこちらの考えもつかないような質問がしょっちゅう飛んできて話がそれてしまう。たとえばト音記号ってなんであんな面白《おもしろ》い形なの？　とか、tone記号だと思ってただとか、なんでドじゃなくてラがAなの？　とか。

練習が進まないのは困るのだが、新鮮《しんせん》な視点に気づかされて面白《おもしろ》いのもたしかだった。

そんな流れで、バッハが実は生きている頃《ころ》作曲家としては全然有名じゃなくてオルガニストとしてしか評価されてなくてあんまり裕福《ゆうふく》じゃなかった、という話をしたら、とある二年生の先輩《せんぱい》がこんなことを言ったのだ。

「でもオルガンって楽器の王様なんじゃないの。儲《もう》かんねえの？」

「え、楽器の王様？」

他の生徒がつっこむ。

「オルガン？　あれが？」

音楽室の壁際《かべぎわ》に二台並べて置かれた電子オルガンを指さして他のだれかが言う。アップライトピアノよりもさらに小さく、王様の風格はまったくない。

「いや、あんなんじゃなくて、教会にあるでっかいやつ。建物とくっついてるみたいなパイプオルガンのことだ。たしかに規模でいえば最大級だろう。

「え、楽器の王様ってピアノじゃないの？」

「ヴァイオリンだと思ってた」

言い合いが始まり、しばらく練習にならなかった。


その日の帰《かえ》り際《ぎわ》、一年四組に集まってのバンドのミーティングでも、ふと気になってこの話題を持ち出してみた。

「楽器の王様？　グランドピアノにきまっているでしょう」

ピアニストである凛子《りんこ》は即答《そくとう》した。

「ぐぐってもピアノっていう記述がいちばんたくさん出てくるし」

「ちょっと待って、そういうのって多数決できめるものかなっ？」

なぜか朱音《あかね》が勇ましく嚙《か》みついてきた。

「楽器の王様って今はもうギターだと思うよ、エレキギター！」

持ってきていたギターケースをさすりながら大いばりで言う。

「こんな表現力すごい楽器他にないよ。ピアノは便利だけど音色は一個だけじゃん」

「エフェクターかけて音色変えるというならピアノだってできるでしょう」

「エフェクターだけの話じゃないよ！　凛《りん》ちゃんはギタリストじゃないからわからないだろうけど、ギターって音が出る場所を直接触《さわ》る楽器だからね、弾《ひ》き方でほんとに全然変わるの」

「それなら朱音《あかね》もピアニストじゃないからわからないだろうけれどピアノも弾《ひ》き方で音色はいくらでも変わる」

「プロコフィエフ演《や》ったときあたしほとんどのパート担当したよね！　楽器の王様じゃなきゃあんなことできないよ」

「わたしはその全部のパートとピアノ一台で渡《わた》り合《あ》ったけれど。器《うつわ》の大きさではピアノの方が上ということ」

丁々発止《ちょうちょうはっし》の二人を、詩月《しづき》はにこにこしながら眺《なが》めている。

「詩月《しづき》は参戦しないの」と訊《き》いてみた。

「さすがにドラムスが楽器の王様、は無理がありますもの」

詩月《しづき》は上品に微笑《ほほえ》んで言う。

「それにだれがなにを言おうと、プレイではドラムスを無視できませんから。王様がピアノでもギターでも、ドラムスはそれを支えているお城です」

「しづちゃんがまともな大人の意見を言ったし、おしまいにしよう」

「残念。コントのネタとしては面白《おもしろ》み不足」

朱音《あかね》と凛子《りんこ》はさして残念でもなさそうに口論を打ち切った。

「でもこういう話題ってみんな大好きだよね。その話を持ち出した人もさ、音楽にはあんまり詳《くわ》しくないけど楽器の王様がオルガンってネタはちょっと見かけただけなのに憶《おぼ》えてたわけでしょ」

「格付けとかランキングとかは必ず盛り上がりますよね」

「みんな納得《なっとく》するような結論出るわけもないのに、この手の話って絶えないよな……」

僕《ぼく》がなんの気なしにつぶやくと、凛子《りんこ》がすぐに冷淡《れいたん》につっこんでくる。

「結論が出ないから絶えないのでしょう」

「そりゃそうか」

「たとえばピアニストの王様ってだれ？　ってなると、わたしはポリーニだと思うけど、ルービンシュタインだって人もいるしリヒテルだって人もいるし聴《き》いたこともないくせにラフマニノフとか言い出す人もいるだろうし。ヴァイオリニストの王様は……ハイフェッツで決まりだと思うけどヨアヒムとかアウアーとか言う人もいる。チェリストの王様はカザルスで十人中九人くらいは納得《なっとく》するだろうけどロストロポーヴィチって言い出す人が絶対にいるだろうし」

「ジャズの王様も十人くらい候補いますよね」と詩月《しづき》。「ベニー・グッドマンとかマイルス・デイヴィスとかルイ・アームストロングとか。ジャズ好きはこの話題だけで一晩中口げんかできそう」

たくさん名前を並べられたがクラシックもジャズも僕《ぼく》の主戦場ではないのでいまいちぴんとこなかった。こいつらもたいがい音楽バカだな？

「ロックの王様がだれかはみんな納得《なっとく》する結論出るよ」

いきなり朱音《あかね》が言うので僕《ぼく》は驚《おどろ》く。

「ロックの王様？　ビートルズ？　でも他に候補いるような。プレスリーとかストーンズとか、チャック・ベリーとか……マイケル・ジャクソンもたしかそう呼ばれてた気が」

「残念！　正解は、直訳ロック歌ってる人」

「その王様かよ！　納得《なっとく》しかねえよ！」

くだらない話題を続けていると、音楽室のドアが開いた。駆《か》け込《こ》んできたのは小森《こもり》先生だ。僕《ぼく》らを見つけて顔に一瞬《いっしゅん》だけ安堵《あんど》の表情を浮《う》かべ、駆《か》け寄《よ》ってくる。

「よかった、みんないた！」

去年まで女子大生だった人で、顔立ちも幼いので、僕《ぼく》らの輪に加わって机を囲むと女子生徒が一人増えたようにしか見えない。

「訊《き》きたいんだけど、みんなオーケストラの楽器なにができるかなっ？」

唐突《とうとつ》な質問に、僕《ぼく》らは顔を見合わせた。オーケストラ？　僕《ぼく》らのパラダイス・ノイズ・オーケストラのことだろうか？

「僕《ぼく》はベースで、ギターと鍵盤《けんばん》も……ていうか先生知ってますよね僕《ぼく》らのパートくらい」

「あっ、いや、ＰＮＯのことじゃなくて、本物の、ええと、つまり、クラシックオーケストラのこと！　管弦楽《かんげんがく》！」

ますます意味がわからなかった。

「クラシックですか。僕《ぼく》はなんにも」

「わたしもピアノだけ」と凛子《りんこ》。

「あたしヴァイオリンもちょっとかじってるけど」と朱音《あかね》が言うのでびっくりするが、小森《こもり》先生の興奮ぶりはそれどころではなかった。

「ヴァイオリンっ？　弾《ひ》けるの！　わあ、最高！」

「私もティンパニは練習しました。ビッグバンドで使うからやっておけと祖父が」

「ティンパニ！　助かる！」

先生は椅子《いす》に座《すわ》ったままぴょんぴょん上下動した。

「知り合いのオーケストラがね、もうメンバー全然足りなくて危機的なの!」

＊

『けものみち交響楽団《こうきょうがくだん》』は、凛子《りんこ》の家がある区内を拠点《きょてん》としたアマチュアオーケストラだった。土曜日に僕《ぼく》らが赴《おもむ》いた練習場所も、高校から二駅の近さにある区民会館だ。

集まっていた楽団員たちは、かなり平均年齢《ねんれい》が高かった。いちばん若くて僕《ぼく》の父親くらい、定年後の趣味《しゅみ》でやっているのかなという感じのおじいちゃんも何人もいる。

「やあやあ、今日はどうも来てくださってありがとうございます」

最年長らしき、眉毛《まゆげ》もあごひげも真っ白なご老人が僕《ぼく》らバンドメンバー四人と小森《こもり》先生を出迎《でむか》えてくれた。

「小森《こもり》先生、いい生徒をお持ちになって。こんな可愛《かわい》い女の子が四人も来てくれるなんて思っていなかったですよ。練習も華《はな》やぎます」

女の子が四人……? あれ? 今日は普通《ふつう》に自分の私服で来てるんだが?

「真琴《まこと》さん、もう色々と女装しすぎて染《し》みついちゃったんですね」と詩月《しづき》がくすくす笑いながら恐《おそ》ろしいことをささやく。いやいやいや!

「わたしが『エキストラ見つかりました、みんな女子高生です』って連絡《れんらく》したから勘違《かんちが》いしちゃったのかも」と小森《こもり》先生。なるほど。そういうことか。僕《ぼく》のせいじゃなかったんだ。

しかし聞きつけた凛子《りんこ》がぼそりと言う。

「それだけで勘違《かんちが》いするわけない。村瀬《むらせ》くん当人の問題」

「言うなよ！　考えないようにしてたんだから！」

言い返し、あらためて練習場所を見渡《みわた》す。

普通《ふつう》の大会議室だ。長机はすべて壁際《かべぎわ》に押《お》しやられてパイプ椅子《いす》だけが並べられ、ティンパニやコントラバスといった大型の楽器はすでに運《はこ》び込《こ》まれ、楽団員たちもおのおの弦楽器《げんがっき》や管楽器を準備しながら談笑《だんしょう》している。

「……ここ、防音大丈夫《だいじょうぶ》なんですか」

ふと心配になって訊《き》いてみた。白ひげのご老人は呵々《かか》と笑った。

「防音なんぞ一切《いっさい》しとりません。普通《ふつう》の部屋ですよ。事務員からは、なるべくおとなしく演《や》ってくれ、と言われておりますが、まあ無理な話です」

「ですよね……」

「しかし都合の良《い》いことにクラシック音楽というのはなにやら高尚《こうしょう》なものだと思われておりましてな、下手な演奏でなければ、頭脳に良《い》い働きをもたらす環境《かんきょう》音楽だ、みたいに受け取ってもらえるのです。我々としてはこの勘違《かんちが》いをありがたく利用して公民館のど真ん中で爆音《ばくおん》で練習させてもらっております」

なるほど。ロックミュージックだとそうはいかない。

「申し遅《おく》れましたが、私、小此木《おこのぎ》と申します。団長で、バス弾《ひ》きです」

差し出された手を僕《ぼく》は握《にぎ》り返した。小此木《おこのぎ》さんは朱音《あかね》、詩月《しづき》、凛子《りんこ》とも順番に握手《あくしゅ》していった。コントラバス奏者か、と僕《ぼく》は手の感触《かんしょく》を思い返す。オーケストラの他の楽器すべての重みを長年引き受けてきた頑強《がんきょう》さが感じられる手だった。

「みなさん華園《はなぞの》先生の教え子だそうで」

正確には、詩月《しづき》は華園《はなぞの》先生の授業を受けたことはないのだけれど、教え子みたいなものだろう。去年の夏まではしょっちゅう一緒《いっしょ》にいたのだから。

「あの人も良《い》い縁《えん》を残してくれましたよ。小森《こもり》先生もそうだし、みなさんもそうだし」

そう言って小此木《おこのぎ》さんは顔をしわくちゃにして笑う。

「華《はな》ちゃんが病気しちゃってから、あの人目当てで来てたおっさん連中が全然来なくなっちゃったねえ」とオーボエ奏者のおばさまも笑った。

華園《はなぞの》先生が在籍《ざいせき》していたオーケストラ、なのだという。

「音大のOBが集まってるんですか？」と凛子《りんこ》が訊《たず》ねる。

「いえいえ。素人《しろうと》の集まりですよ。みんな下手の横好きです。先生には弦《げん》のトレーナーをお願いしててね。あの人、弦《げん》は全部弾《ひ》けるんですよ。ちょっと見たことないですね、あんな人」

小此木《おこのぎ》さんが話していると、ヴァイオリンケースを小脇《こわき》に抱《かか》えたほっそりしたおばあさまも寄ってきて会話に加わる。田端道代《たばたみちよ》、と名乗った。コンサートミストレスだという。

「ヴァイオリンとヴィオラどっちも、っていう人はもちろん大勢いますけどね。チェロも、って人は滅多《めった》にいないわねえ。ましてやバスもなんて」

「うちでは人数足りないからバスやってもらってたけどね。チェロとバスも、知らない人からは似たようなもんだと思われてるけど全然ちがうからなあ」

「華園《はなぞの》先生、バスだったんですか」

知らなかった。

ベーシスト――だったのか。僕《ぼく》と同じ。

思えば、僕《ぼく》はあの人のことについてほとんど知らない。あの人が意図的に見せようとした側面しか見ていなかった。大学でなにを専攻《せんこう》していたのかも。

「作曲科だったんですよ。それで全部の楽器かじったって言ってたね」

「かじったってレベルじゃなかったけどなあ、あれは」

作曲科。なるほど。そういえば編曲が得意だった。

もう少し華園《はなぞの》先生の話を聞きたかったけれど、貴重な練習時間を雑談で無駄《むだ》にさせるわけにはいかなかった。コンミスの田端《たばた》さんが訊《き》いてくる。

「それでええと、ヴァイオリンをやってくださるという方は」

「はいっ！　あたしです」朱音《あかね》が持ってきた自分のヴァイオリンケースを持ち上げてみせる。

「ほんとにありがたいわ。アマオケはどこでも常に弦《げん》不足ですからね」

「そうなんですか」と朱音《あかね》。「ヴァイオリンって人気だと思ってたけど」

「やっぱりハードル高いでしょう。高校でも部活で弦楽《げんがく》やるところなんて全然ないでしょ？」

「あ、うちの学校にもないですね。ブラバンだけ」

「そうそう。吹奏楽《すいそうがく》経験者はいっぱいいるの。でも管楽器は一パート二人か三人しか席がないから。それでどこのオケも管の希望者はたくさん来るのに弦《げん》は全然、ってなるの」

無理もない、と僕《ぼく》は思う。だってヴァイオリンもチェロもフレットがないんだぜ？　ちゃんとした音程で鳴らすのにまず何年もかかるだろう。合奏の楽しみを味わう前に高校生活三年間が終わってしまう。

「じゃ、第一だから私の隣《となり》の椅子《いす》で――」

朱音《あかね》はコンミスさんに連れて行かれる。

「ティンパニの方は？」と小此木《おこのぎ》さん。詩月《しづき》が一歩前に出て小さく頭を下げた。

「ジャズ式なんですけど……」

「はっは。うちにもいますよ、ジャズ好き。全員集まる前に『シング・シング・シング』を演《や》ったりしてます」

ティンパニは壁際《かべぎわ》に配置されていた。その隣《となり》に大きなケースが横たえられているところから見て、どうやらコントラバスのそばらしい。ベースとドラムスが近い方が合わせやすいのは音楽ジャンルにかかわりなく同じなのだろうか。

そこで僕《ぼく》は重要なことに思い至る。

「そういえば指揮者はどなたが——」

驚《おどろ》いたことに、小森《こもり》先生がおずおずと手を挙げた。あんたかよ？

「一応、指揮科だったの。いちばん倍率低かったからなんだけど」

「小森《こもり》先生はなかなか振《ふ》れますよ。お若いのに大したもんです」

小此木《おこのぎ》さんが言い、先生は恐縮《きょうしゅく》してしまう。指揮者の威厳《いげん》なんてゼロだ。

「じゃあ！　今日は新しい方も来てくれましたし！　メンツもどうせ全然そろっていないので音合わせってことで！」

小此木《おこのぎ》さんが声を張り上げると、楽団員たちは雑談をやめてわらわらと席に着き始める。

やがて第一オーボエがAの音を厳《おごそ》かに鳴らすと、調律が始まる。じいさんばあさんに囲まれて朱音《あかね》も気後《きおく》れした顔つきだけれど、ボウイングの手つきはしっかり様になっている。ほんとになんでもやれるんだな。幼い頃《ころ》からご両親が手当《てあ》たり次第《しだい》に習い事をさせた、って言ってたけれど、ヴァイオリンなんてそうそう身につくものじゃないだろうに。

次第《しだい》に音程が合っていく二十数人分の調律を聴《き》きながら、僕《ぼく》は思っていた。うらやましい。僕《ぼく》もあの中に入ってみたい。ここまでの大人数アンサンブルなんてまったくの未経験だった。素人《しろうと》が寄り集まった楽団だからそんな期待するほどのものではないのかもしれないけれど。

隣《となり》で凜子《りんこ》もつぶやく。

「わたしもオーケストラ楽器なにかできればよかったのに。ただ邪魔《じゃま》しにきたみたいで申し訳ない」

聞きつけた近くのチェロ奏者が言った。

「気にしないで、いつでも遊びにきてくださいよ。客観的に聴《き》いてくれる人がいた方が練習にもいいです」

凜子《りんこ》はうなずき、パイプ椅子《いす》を二脚《きやく》持ってきてオーケストラの真正面に置き、きちんと膝《ひざ》を合わせて背筋を伸《の》ばした姿勢で座《すわ》った。漂《ただよ》わせている緊張《きんちょう》に戸惑《とまど》いながらも、僕《ぼく》もその隣《となり》の席に腰《こし》を下ろす。

後になって思えば、凜子《りんこ》はすでにこのとき気づいていたのだろう。

彼女《かのじょ》は僕《ぼく》とちがって小さい頃《ころ》からクラシック漬《づ》けの生活を送っていた。素地が培《つちか》われている。だから、演奏を聴《き》かなくても、見てわかるのだ。

「今日は金管も足りませんしフルートも片《かた》っぽお休みなので」と小此木《おこのぎ》さんが言う。

「あいつはもう老老介護《かいご》でオケどころじゃねえみてえだよ」

一人しかいないフルート奏者が言うと笑い声があがる。

「ジュピター演《や》りましょう。終楽章だけね。それで、ええと、宮藤《くどう》さんに百合坂《ゆりさか》さん。合わせられるだけ合わせてくれればいいですから。お試《ため》しってことで。なんかこいつら気にくわないな、とか、こんな下手くそといっしょにやってられないな、と思ったら遠慮《えんりょ》しないでいいですからね」

またも笑い声。

でも、そんな弛緩《しかん》した空気は、コンミスの弓が持ち上がった瞬間《しゅんかん》に消し飛んだ。

十数本の弓の先端《せんたん》が一斉《いっせい》に天井《てんじょう》を衝《つ》く。

楽団員の視線の集まる真正面に立った小森《こもり》先生は、背筋をぴんと張って両手を持ち上げた。少人数オーケストラなので指揮棒は使っていない。でも僕《ぼく》は、彼女《かのじょ》の指先から光の筋が放たれたのが見えた気がした。

最初の主題提示は、霞《かすみ》のような第二ヴァイオリンのトレモロに乗って流れる第一ヴァイオリンのささやき。ヴィオラとチェロバスの透明《とうめい》色が塗《ぬ》り重ねられ、それを合図に管楽器が整然と持ち上げられる。

詩月《しづき》のティンパニは室内の空気を一打で濃密《のうみつ》に圧縮した。

モーツァルト最後の交響曲《こうきょうきょく》——第41番《ジュピター》。そのオーケストレーションの精緻《せいち》さと一切《いっさい》の無駄《むだ》のなさは天衣無縫《てんいむほう》と呼ぶ他ない。きらめくガラスだけで組み立てられた対位法の迷路《めいろ》を、『けものみち交響楽団《こうきょうがくだん》』の全合奏は一糸乱れぬ最高速で走《はし》り抜《ぬ》けていく。

素人《しろうと》の寄せ集め、などと侮《あなど》っていたほんの少し前までの自分を深く恥《は》じた。鍛《きた》え抜《ぬ》かれ、モーツァルトを知り尽《つ》くした見事なアンサンブルだった。背骨に銀の糸を差《さ》し込《こ》まれたかのような緊張感《きんちょうかん》が僕《ぼく》にまで伝播《でんぱ》する。膝《ひざ》の上で拳《こぶし》を固め、息を詰《つ》めて聴《き》き入《い》ることしかできなかった。小森《こもり》先生のタクトはぎりぎりのスリリングなコーナリングでオーケストラを美しい最短距離《さいたんきょり》の軌道《きどう》へと導き、そのまま終結部の多重層フーガに突入《とつにゅう》させた。

名残惜《なごりお》しくも潔《いさぎよ》い最後の和音の響《ひび》きを小森《こもり》先生が指先でつまんで断《た》ち切《き》る。

僕《ぼく》は無意識に立ち上がって手を叩《たた》いていた。演奏中の張《は》り詰《つ》めたものが消えた瞬間《しゅんかん》、身体《からだ》がそうせずにはいられなかったのだ。心地《ここち》よいしびれが指先から空気中に抜《ぬ》けていく。

見れば、凛子《りんこ》も隣《となり》で同じことをしている。

「あはは、どうもどうも」

振《ふ》り向《む》いて照れ笑いする小森《こもり》先生は、いつものふにゃふにゃで頼《たよ》りない新任教師の顔をしている。先ほどまでの支配者の表情なんて余韻《よいん》すらもない。

「いやあ久しぶりだし緊張《きんちょう》した！　モーツァルトは気を抜《ぬ》いたらすぐメトロノームみたいになっちゃうし！　後ろではわたしより音楽にうるさい子が二人も聴《き》いてるし」

先生の軽口にも、すぐに返せない。

見れば、朱音《あかね》はヴァイオリニストたちに囲まれて青ざめている。僕《ぼく》らは客として聴《き》いていただけだが、彼女《かのじょ》は演《や》る側としてあの特急列車にしがみついていたのだ。

詩月《しづき》に至っては、太鼓《たいこ》の皮に突《つ》っ伏《ぷ》している。ティンパニは一打でオーケストラ全体の呼吸をそろえてリードする重要パートだ。それが、完全にチェロとコントラバスにリードされてしまっていた。

二人とも、けっしてまずい演奏ではなかった。

まずさを出させないように周囲がフォローしていた、というのが正しいだろうか。まずい演奏を晒《さら》してしまうより、ある意味ではショックだろう。

「……すみません。エキストラだからって甘《あま》く考えてて……もっと練習してきます」

朱音《あかね》が消え入りそうな声で言う。

「わっ、私も……明日お祖父さまの家からティンパニを持ってきて……」

まわりのおじさまおばさまたちがあわてて言う。

「なに言ってんの、はじめての合わせだよ！」

「よかったよ、ちゃんとモーツァルトになってた！」

慰《なぐさ》めごとで朱音《あかね》の方はますます縮こまる。ヴァイオリンと弓を膝《ひざ》に置いてうつむく。

「コンサート、来月って話でしたよね。それまでに、絶対。……ジュピターと、他にはなにを演《や》るんですか」

と、楽団員の視線が小森《こもり》先生や小此木《おこのぎ》さんやコンミスの田端《たばた》さんの顔の間をさまよう。

「いやあ、それが――」

言いにくそうに小此木《おこのぎ》さんが口を開いた。

「演目がまだ決まってなくて。ジュピターも……とりあえずみんなが得意だから音合わせでやっただけでして、本番ではたぶんやらないんじゃないかと……」

「え。だって、あと一ヶ月ですよね？」

クラシックコンサートのことは詳《くわ》しく知らないが、一ヶ月前でまだ曲が決まっていないなんて開催《かいさい》の危機ではないだろうか。

「はい。でも今年に入ってどんどん団員がやめちゃって、予定してた曲ができなくなっちゃったんですよ。いま必死でエキストラ集めてますけどなかなか……」

そんな大変なところに詩月《しづき》と朱音《あかね》は呼ばれたのか。責任が重すぎる。

「やっぱりねえ、区の認定《にんてい》から外されちゃったのがねえ」

「あれで一気にやめたね、掛《か》け持《も》ちが多かったしねえ」

団員たちが急に世知辛《せちがら》い口調になる。

「助成金とかそういうやつですか？」

「いやいや、そんな大したもんじゃないですよ。草の根オケですし」と小此木《おこのぎ》さん。「ただ、認定《にんてい》してもらえてると文化会館を定期的に無料で使わせてもらえるんですよ。あそこはスタジオもホールもすごく良くてね。一般《いっぱん》利用だとものすごい倍率の抽籤《ちゅうせん》になっちゃって」

そこで凛子《りんこ》がふと言った。

「区の——外郭《がいかく》団体ですか？　未来文化創成財団？」

「ああそれそれ、そんな名前のです。公益なんたら法人でしたっけ」

なぜ凛子《りんこ》はそんなのに詳《くわ》しいのだろう、とそのときは疑問が喉《のど》のあたりにひっかかった。でも小此木《おこのぎ》さんがすぐに話を続ける。

「あそこで定期演奏会をやれるってのがうちの大きな売りだったんですが、去年の審査《しんさ》で外されちゃいまして。まあ、バスも一人しかいないようなオケじゃしかたないんですが」

「……華園《はなぞの》先生が……抜《ぬ》けてしまったからですか」

「とんでもない！　先生のせいになんてできないですよ」

すぐに言い返してきた小此木《おこのぎ》さんの口ぶりからして、僕《ぼく》の憶測《おくそく》はだいたいあたっているらしいとわかった。

「すぐにカバーできなかった我々の責任です。そもそも先生が入ってくれなければ認定《にんてい》もらえるようなオケにはなってなかったですし」

「でも二月のコンサートだけはどうしてもやらないとね」

「前売りも完売してるしねえ」

アマオケのコンサートで前売りが完売してる？

「それはすごいことなんじゃ……少人数でもモーツァルトとかハイドンならいけますよね。どうしてだめなんですか」

「来月のはちょっと特別なんです。お客さんも若い人ばっかりで、たぶんクラシックなんて全然知らない人だらけじゃないかなあ。今日みなさんに来てもらったのは、演目の相談もしたかったんですよね。高校生大学生くらいのクラシック初心者に受けそうな曲、なにか思いつきませんか」

そう言って小此木《おこのぎ》さんは、一枚のビラを見せてくれた。

『2／14　けものみち交響楽団《こうきょうがくだん》　恋《こい》が実る！　バレンタインコンサート』

演目が書かれていない代わりに大量のハートマークが紙面いっぱいに飛《と》び交《か》っていた。

＊

翌日、学校でそれとなくリサーチしてみたところ、バレンタインコンサートのことを知っている生徒は意外にも多く、実際に知り合いが前売りを買った、という話も聞けた。

「けもバレでしょ？　有名だよね。カップル限定コンサート」

「先輩《せんぱい》それで今の彼氏《かれし》と付き合えたって」

「なんだっけ拍手《はくしゅ》のタイミングが同じだったら相性《あいしょう》最高なんだっけ？」

「チョコお渡《わた》しタイムとかあんの？　ＢＧＭつきで」

ろくでもない噂《うわさ》が出てくる出てくる。

放課後、小森《こもり》先生の口から真相が語られた。

「華園先輩《はなぞのせんぱい》がお客集めるためにすっごいがんばったんだって。色々と噂《うわさ》流して」

「えっ、じゃあ恋愛成就《れんあいじょうじゅ》の御利益《ごりやく》ってのは嘘《うそ》なんですか」

詩月《しづき》が先生にすがりつくように訊《たず》ねる。

「そりゃまあ、そんなのあるわけないっていうか……あ、でも、カップル成立が多いのはたしかなんだけど」

「二月十四日に二人でコンサート聴《き》きにいくような男女はそもそもくっつくにきまっている」

凛子《りんこ》が冷ややかな声で告げた。それはそうだ。人間こうしてだまされるのだ。

「最初は先輩《せんぱい》もね、生徒さんとか友達とかに、二人連れならちょっとチケット安くするよ、デートプランいいの教えるよ、スウィートな曲演《や》るから、とかそんな感じで誘《さそ》ってたらしいんだけど、聴《き》きにいくとカップルうまくいくって話が一人歩きし始めて、それなら利用してやるかって先輩《せんぱい》が乗っかってあれこれ吹《ふ》いて回って」

あの人そういうの得意そうだもんな……。

「今じゃいちばんの目玉コンサートなの。会場も文化会館の大ホール。認定《にんてい》がまだ消されてなかった去年のうちに予約してあって……だからしょぼい演奏できないよね、絶対に」

「ほんとに責任重大だね。猛練習《もう》しないと」と朱音《あかね》。それからふと僕《ぼく》を見る。「あ、でも、バンドの方がおろそかになっちゃうかも……次のライヴとかってどうするの？」

「次は伽耶《かや》を入れてやりたいし、新学年になってからかな」

「そっか。じゃあオケがんばる！　ＰＮＯでもヴァイオリン入れられたら面白《おもしろ》いよね」

エレクトリック・ライト・オーケストラを参考にしてバンド名をつけたくらいなので、僕《ぼく》としてもステージでヴァイオリンというのは憧《あこが》れのひとつだった。うらやましい。僕《ぼく》も楽団に参加して本物のオーケストラを勉強させてほしかった。でもできる楽器がない。

凜子《りんこ》も僕《ぼく》の心中を知ってか知らずか隣《となり》の席でため息をつく。

「わたしも役に立てればよかったのだけれど……ピアノしかできないから。協奏曲だとわたしが主役になってしまってオーケストラのみなさんに申し訳ないし」

「ピアノが入ってるオーケストラ曲ってクラシックにはないんですか？　つまり、ソロ楽器じゃなくてオケの一員として使われてるって意味で」

いちばんクラシックに疎《うと》い詩月《しづき》がそう訊《き》いてくる。

「なくはない。ショスタコーヴィチとか」と凜子《りんこ》はつまらなそうな顔で答える。「でもすごく少数派。あとわたしはそういう使い方があんまり好きじゃない。ピアノの音って管弦楽《かんげんがく》アンサンブルに溶《と》け込《こ》まないから」

「不思議ですね。ジャズだとむしろリズム隊の一員ていう印象が強いのに」

「クラシックの世界では、やっぱりピアノって楽器の王様だから」

「あはは、その話蒸《む》し返《かえ》すんだ」と朱音《あかね》。

「でもね実際、ピアノ科って王様気質の子が多くてね……」

小森《こもり》先生が声をひそめてしゃべり出す。音大時代のなにかしらの記憶《きおく》を刺激《しげき》されてしまったようだ。

「性格がどうこうっていうんじゃないんだけど、こう、自分が世界の中心だってのを疑ってない人たちばっかりで」

「それは先生と個人的に相性《あいしょう》がよくなかっただけじゃ……」

「ほんとなんだってば！　ピアノってそうなの！　じゃあ簡単なクイズ出すね。ピアノソナタってどういう曲かわかるよね？」

僕《ぼく》らはそろって目をしばたたき、お互《たが》いに顔を見合わせた。

詩月《しづき》がそろりと答える。

「ピアノの——独奏曲ですよね。あの、昔の」

「そう。『ソナタ』ってイタリア語で『演奏されるもの』って意味だから要するに『曲』のことだよね。ピアノ曲。じゃあ次の問題。ヴァイオリンソナタは？」

与《くみ》しやすしと考えたのか先生の出題方向は詩月《しづき》に絞《しぼ》られていた。

「ヴァイオリンの、ええと、独奏曲ですよね？」

「ぶぶーっ！　不正解です！」

小森《こもり》先生は実にうれしそうに両手でバツ印をつくった。ほんとに幼い人なのだ。こんなときは僕《ぼく》らより歳下《としした》にさえ見えてくる。

「正解はヴァイオリンとピアノの二重奏曲のこと！　ヴァイオリン独奏の場合はわざわざ頭に無伴奏《むばんそう》ってつけるの。じゃあ三問目、チェロソナタは？」

「ええとそれは、……チェロ……の独奏？」

「ぶぶーっ！　不正解です！　百合坂《ゆりさか》さん優《やさ》しい！　わたしに先生ぶらせるためにわざと不正解してくれたんだね！　正解はチェロとピアノの二重奏！　もうこの先はクイズにしなくてもいいよね。フルートソナタもクラリネットソナタもピアノ付き。音大なんて全科でピアノが必修。どこの学校にもホールにもピアノがあるのが当たり前。こんなんじゃピアノが王様だって勘違《かんちが》いするのも無理はないよね」

僕《ぼく》はこわごわ訊《たず》ねた。

「先生、ピアノ科の人となにかあったんですか」

「なんにも！　いい人たちばっかりだよ、よくご飯おごってもらったし。指揮科って人数少ない上に他の世話にならないとやってられないから自然と全方位に仲良くなるの。でもそれはそれとしてピアニストは王様ばっかだと思う」

「わかります」凛子《りんこ》が深々とうなずいた。「コンクール行くとそんな人ばっかりいる」

実感がこもっている。

「恥《は》ずかしながらわたしもその女王様の一員なのでオーケストラは手伝えない。はあ、困った困った」

次のせりふは全然恥《は》ずかしくもなさそうで困ってもいなそうだった。なんなんだ、いきなりわざとらしく。

「しかたないから客として聴《き》きにいきましょう。ああ、カップル限定なのでしたっけ。でも、ちょうどいいところに同じくオーケストラでなにもやることがなくて暇《ひま》な村瀬《むらせ》くんが」

「凛子《りんこ》さんっ？　なにを調子のいいこと言っているんですか！」

「凛《りん》ちゃんにも働いてもらうからね！　聴《き》きたかったら舞台裏《ぶたいうら》で聴《き》いて！」

二人がものすごい勢いで食ってかかる。凛子《りんこ》は表情一つ変えずに肩《かた》をすくめた。

「働けと言われてもピアニストだし女王様だし」

「バロックの曲を演《や》りましょう！　チェンバロ入りますし」

「ちょうど少人数編成だし、いいアイディアだね！　凛《りん》ちゃんいっしょにがんばろう！」

せっかくオーケストラ内に居場所が見つかりそうなのに凛子《りんこ》は不満そうだった。うらやましい、参加したい、って言ってたじゃないか。どうしたんだよ？　僕《ぼく》なんて、鍵盤《けんばん》さえも凛子《りんこ》が担当して間に合うのだとしたら絶対に出番がないんだぞ。

「じゃあ、僕《ぼく》は客として聴《き》くか。いっしょに演《や》りたかったけど」

バレンタインコンサートのビラに目を落とす。

「あ、ひとりじゃ入れないんだっけ？　ううん……伽耶《かや》を誘《さそ》うか。受験勉強漬《づ》けで息抜《いきぬ》きしたいだろうし」

「真琴《まこと》さんッ？　なに言ってるんですか、時期を考えてくださいッ」

「え？　中旬《ちゆうじゆん》ならコンサート一回くらい……試験て二月末だよね？　だめかな」

「そういう意味じゃありませんッ」

「真琴《まこと》ちゃんは今からでもコントラバス練習して！」

「チェンバロ用の椅子《いす》がないから村瀬《むらせ》くんが椅子《いす》になって」

すさまじい集中砲火《しゆうちゆうほうか》を食らってしまった。なんなんだよ？

＊

その伽耶《かや》から電話が来たのは翌日の夜だった。

『……先輩《せんぱい》、あの、ちょっと……相談したいことが……』

「相談？　受験のこと？　いいけど、僕《ぼく》で役に立つかな」

『受験のこと——えっと、はい、受験のことなんですけれど』

妙《みよう》に歯切れが悪かった。例によってビデオ通話だったので視線が泳いでいるのがよくわかる。

目を合わせづらい話題なら動画なし通話にすればいいのに、と思う。

『もうすぐ、願書出さなきゃいけなくて』

「もうそんな時期か」

『そうすると保護者のサイン必要で、親に言わなきゃいけなくて』

「……ああ、うん、……まだ言ってなかったんだ……」

伽耶《かや》は芸能人夫妻の子で、芸能界に理解のある中高一貫《いっかん》校の中等部に通っている。でも僕《ぼく》らと同じ高校に通いたいと外部受験を希望しているのだ。勝手に受ける、なんて息巻いていたけれど願書の時点で保護者の同意が必要になってくるので、いよいよ現実と向き合わなきゃいけないときが来てしまったわけだ。

『自分で親の名前書いて判子捺《お》して出そうかなって考えてたんですけど、そうもいかないみたいで』

「それバレたとき最悪だから絶対やっちゃだめだよ」

せっかくがんばって合格しても取り消し、なんて顛末《てんまつ》すらあり得る。伽耶《かや》はしゅんとなって言った。

『はい。それに願書出すとき、うちの学校からなにか書類を出してもらわなきゃいけないらしくて、そしたらどうせ親に話が行っちゃうし』

まるで内申書《ないしんしょ》のことをつい最近知ったみたいな口ぶりだった。中学三年生でそんなことあり得ないだろう、学校で色々教えるはず——と疑ったところでふと気づく。中高一貫《いっかん》だから生徒が高校受験することを想定していないのだ！　受験にまつわるあれこれなんて中等部三年生に教えるわけがない。

これは——他人事《ひとごと》だから深く考えていなかったけれど、そうとう厄介《やっかい》な事態になるのでは？　相談されても僕《ぼく》にもどうしようもないぞ？

『それで、まず母に、高校進学のことで話があるってそれとなく言ってみたんですけど』

「あ、言えたんだ。よかった、じゃあもう覚悟《かくご》決めて——」

『話はだいたいわかってる、って……なんかこう、あきれた感じで言われて……』

「あー……」

学校が楽しくなさそうだったり、中高一貫《いっかん》なのに受験勉強なんてしてるところを見たりすれば親なら勘《かん》づくだろう。

「……よ、よかったじゃん。親もちゃんと伽耶《かや》のこと見ててくれてたんだね」

『先輩《せんぱい》にしてはまともな慰《なぐさ》め方ですね』

ちょっとその『先輩《せんぱい》にしては』ってどういう意味？

『それから、詳《くわ》しい話は両方そろってるときに聞くから、って。父は忙《いそが》しくて週末まで家に帰ってこなくて』

「うん、その方がいいんじゃないかな」

ここまで完全に他人事《ひとごと》のつもりで深く考えずに受け答えしていた僕《ぼく》だけれど、次の伽耶《かや》の言葉で椅子《いす》から転げ落ちた。

『で、そのときに村瀬《むらせ》先輩《せんぱい》も連れてきてって言われたので。うちの両親に逢《あ》ってください』

「——なんでっ？」

『なんでって、だって先輩《せんぱい》にも責任ありますよね』

なにがどういう理屈《りくつ》でなんの責任があるのかさっぱりわからなかった。そこで伽耶《かや》はいきなり真っ赤になって言いつくろう。

『あっ、あのっ、両親に逢《あ》えっていうのはべつに結納《ゆいのう》とか式の日取りとかじゃなくてっ』

「わかってるよ。そんな勘違《かんちが》いするわけないだろ」

『どうしてしないんですかッ』

「どうして怒《おこ》るんだよッ？」

伽耶《かや》はしばらく肩《かた》で息をしてから、声を落として話を続ける。

『……すみません。とにかく父も母も先輩《せんぱい》と一度話をしたいと言っているので』

「えええええええ……いや、ちょっと待ってよ……」

伽耶《かや》の父親は歌謡界《かようかい》のプリンスにして、大河ドラマにも重要な役どころで何度も出演経験があるくらいの大俳優だ。母親は宝塚《たからづか》の元トップ娘《むすめ》役である。

そんな二人を前にしてなにを話すっての？　逃《に》げていい？

『逃《に》げないでくださいね、先輩《せんぱい》！　将来の大事なお話なんだから！』

そう言って伽耶《かや》は通話を切った。

バレンタインコンサートの話なんて出す余裕《よゆう》もなかった。

＊

土曜日の午前十時、ダークスーツと白手袋《てぶくろ》でびしっときめた初老の運転手が我が家《わがや》にやってきた。ハイヤーを自宅に手配されたのなんて生まれてはじめてだった。

連れていかれたのは渋谷区《しぶやく》松濤《しょうとう》、クソ高級住宅街だ。坂の途中《とちゅう》にある、何階建てなのかよくわからない複雑な造りの邸宅《ていたく》の前で車が停《と》まる。

「いらっしゃい。寒いところを、わざわざありがとう」

玄関《げんかん》先で出迎《でむか》えてくれたのは、ゴージャスという形容詞しか思いつかないのだけれどそんな俗《ぞく》っぽい言葉で称《たた》えるには気が引けるくらい品の良《い》い女性だった。ベージュのセーターに白のロングスカートという浮《うわ》ついたところがまるでない装《よそお》いなのに、華《はな》やぎをまったく隠《かく》せていない。芸能人にまるっきり疎《うと》い僕《ぼく》でも顔を知っている。黛《まゆずみ》蘭子《らんこ》だ。

「志賀崎《しがさき》蘭子《らんこ》です。伽耶《かや》の母親です。はじめまして。伽耶《かや》がお世話になっています」

慇懃《いんぎん》に本名を名乗られた。僕《ぼく》もあわてて頭を下げる。

「村瀬真琴《むらせまこと》です。ええと……伽耶《かや》さんとは、バンドで、はい、いっしょに」

説明しづらい関係だ。黛蘭子《まゆずみらんこ》は微笑《ほほえ》んで言う。

「コート、お預かりしますね。お食事、用意してしまったけれど、なにか食べられないものなどはあるかしら？」

「い、いえ、とくには……」

車内で必死に脳内シミュレートしていた挨拶《あいさつ》のせりふはすべて頭からすっ飛んでいた。どうぞおかまいなく、の一言すら出てこなかった。食事の用意？　ここでご一緒《いっしょ》すんの？　さっと済ませてさっと帰る、もできないのか。

「ママ、もう来ちゃったのっ？」

廊下《ろうか》の向こうから声が聞こえ、ぱたぱたという足音とともに伽耶《かや》が姿を現す。髪《かみ》を凝《こ》った形に結《ゆ》い上《あ》げ、青いワンピースで着飾《きかざ》っている。僕《ぼく》と目が合うとかあっと顔を赤らめて立ち止まり、ぎこちなく頭を下げてくる。

「先輩《せんぱい》、今日はっ、ありがとうございます」

こうして見比べると、なるほど母娘《おやこ》だ。顔立ちだけではなく、全体的な雰囲気《ふんいき》がそっくりだ。大人になって薫《かお》り高《たか》い美人に成長する様がありありと想像できる。そこで僕《ぼく》の胸をかすかな不安がよぎる。伽耶《かや》は母親のような女優になるべきでロックバンドに引き入れるなんてとんでもない、という話を今日はされるのではないか？　と思ったのだ。ほらほら、黛蘭子《まゆずみらんこ》がいきなり距離《きょり》を詰《つ》めてきてにらんでくるし。

大女優の顔がとろける。

「はあ、かわいい。こんな息子《むすこ》がほしいってずっと思ってたの。我《わ》が家《や》の息子《むすこ》さんたちは、ほら、上の賢造《けんぞう》さんなんて私と同い年だし、下の尚登《なおと》さんも私が嫁《とつ》いできたときすでに成人してたし、お互《たが》いにさんづけで呼んでて全然母親だって意識がなくて」

「はあ」

この人、たしか三番目の奥《おく》さんで、伽耶《かや》には母親のちがう兄が二人、姉が一人いるのだ。長男と同い年というのもすごいな。双方《そうほう》やりづらそう。

「真琴《まこと》さん、遠慮《えんりょ》なく私をお母さんと呼んでいいですからね」

「ママっ？　なに言ってるのッ？」

伽耶《かや》の声がひっくり返る。ほんとになに言ってんだこの人は。

「伽耶《かや》ちゃんはママ呼びがいいの？　今日お逢《あ》いしたばかりなのにそれはどうかと思うわ」

お母さん呼びも十分どうかと思いますけれど？

通された ダイニングの椅子《いす》に、腕組《うでぐ》みで待ち構えている初老の男性がいた。紺色《こんいろ》の紬《つむぎ》の和装で、白いものが混じった硬《かた》そうな髪《かみ》をぴっちりとなでつけ、太い眉毛《まゆげ》の下からぎろりと僕《ぼく》をにらみつけてくる。僕《ぼく》は部屋の入り口で固まってしまい、すぐ後ろからついてきていた伽耶《かや》が背中にぶつかる。

「どうぞ真琴《まこと》さん、そちらにかけてくつろいでくださいな」

一足先にキッチンに向かった黛蘭子《まゆずみらんこ》がそう声をかけてくるが、僕《ぼく》の硬直《こうちょく》は解けない。背後から伽耶《かや》が心配そうに「先輩《せんぱい》……？」とつぶやく。

男が椅子《いす》から立ち上がってゆっくりした大股《おおまた》で歩み寄ってきた。目の前に大きな手が差し出される。握手《あくしゅ》を求められているのだと遅《おく》ればせながら気づいた。

おそるおそる僕《ぼく》も手を出した。

指がへし折られるかと思うほどの力で握《にぎ》られる。

右手を解放してくれたかと思ったら今度は左手をつかまれ、持ち上げられ、至近距離《きょり》でしげしげと観察された。もう、一秒でも早く帰りたい気持ちしかなかった。

「弾《ひ》き込《こ》んでるねぇ」

はじめて聞く志賀崎京平《しがさききょうへい》の話し声は、歌声とは打って変わって思いがけず柔《やわ》らかく、ねっとりしていた。

「ワッシュバーンだったよねぇ。エクストリーム好きなの？」

僕《ぼく》が弾《ひ》いているギターの話だと理解するのに十秒くらいかかった。

「……え、あ、はい。……いや、はい、父がヌーノが好きで」

「いいよねえヌーノ。ぼくも若い頃《ころ》大好きでねえメタルが」

ヌーノ・ベッテンコートは父が崇拝《すうはい》していた超絶技巧《ちょうぜつぎこう》ギタリストだ。同じギターを買うほど惚《ほ》れ込《こ》んでいた。僕《ぼく》はそれを譲《ゆず》り受《う》けただけで、そこまでのファンではない。

「きみの曲だいたい聴《き》いたけどルーツ古いのから新しいのから多彩《たさい》だねえ。バンド名なんて、ＥＬＯからとってるんでしょ？　ちがう？　きみの歳《とし》でＥＬＯ聴《き》くなんてねえ」

「はあ。ＥＬＯとかビーチ・ボーイズは好きで、真似《まね》してます。あと、中学生の頃《ころ》作ってた曲はオウテカとマイ・ブラッディ・ヴァレンタインを参考にして」

「あ、そっちは知らないねえ、すまない」

調子に乗りすぎた、と僕《ぼく》は縮こまる。

しかし、怒鳴《どな》りつけられるとか説教されるとかを想定していただけに、肩《かた》すかしを通《とお》り越《こ》して全身脱力《だつりょく》だった。いやもちろん、フレンドリーでいてくれる方がありがたいけど。

「ロックなんて聴《き》くんですね……？」

歌謡曲《かようきょく》の大御所《おおごしょ》の口から僕《ぼく》の好きなミュージシャンの名前が出てくるなんて思わなかった。

「もちろんだよ。日本歌謡《かよう》ばっかり聴《き》いてて日本歌謡《かよう》は歌えないよ。なんだってそうだろう」

まったくおっしゃる通りだった。

「ビートルズ、プレスリー、ボブ・ディラン、スティーヴィー・ワンダー。みんなぼくのヒーローだったよ。ぼくよりおえらい先輩《せんぱい》がたもみんなそのあたりはしっかり聴《き》いているよ」

音楽はつながっているのだ。時代も国境も越《こ》えて。

黛蘭子《まゆずみらんこ》がお手伝いさん二人と一緒《いっしょ》に料理を運んでくる。本格イタリアン（たぶん）だった。

ばかでかいテーブルを四人で囲み、奇妙《きみょう》な空気の中でランチが始まる。夫妻と向かい合わせに僕《ぼく》と伽耶《かや》が座《すわ》り、なんか面接でも受けている気分だった。伽耶《かや》もだいぶ緊張《きんちょう》しているのが伝わってきた。

おかしなことに、夫妻どちらの口からも、伽耶《かや》の話題がまったく出てこなかった。

「所属事務所はもう決めたのかい？　ぼくんとこにする？　融通《ゆうずう》きいて便利だよ、なにせぼくが社長だからね。金の話は大事だよ。ぼくも若い頃《ころ》、いちばん売れてた頃《ころ》だねえ、こっぴどくだまされて収入ほとんど毟《むし》られたことがあって、それ以来、金についてだけは自分できっちりコントロールするようにしたんだ」

「二度の離婚《りこん》でもどちらも慰謝料払《いしゃりょうはら》っていないんでしょう。親権も渡《わた》していないし、大したものよ耕平《こうへい》さん」

「はっは。蘭子《らんこ》さんと離婚《りこん》するときはちゃんと払《はら》うもの払《はら》うから安心してよ」

え、これ夫婦《ふうふ》間のジョークなの？　しかも娘《むすめ》が目の前にいるんだけど？

「真琴《まこと》くんもねえ、ぜったいに女でいざこざ起こしそうな顔してるからねえ」

伽耶《かや》が隣《となり》でじっとりにらんでくる。どういう顔？

「いや、べつに僕《ぼく》は、その、大丈夫《だいじょうぶ》だと思いますけど」

「女がらみでのぼくの勘《かん》は当たるんだよ。ぼくが女を奪《うば》った相手の男はみんな例外なくトラブってたからね」あんたが女を奪《うば》ったからだろッ？

突《つ》っ込《こ》んでいいのかわからなかったので、僕《ぼく》はひたすら炭酸水で唇《くちびる》を濡《ぬ》らすしかなかった。ちらと伽耶《かや》の様子をうかがうと縮こまったままだ。

僕《ぼく》、なんでこんな場所にいるの？　なにしにきたんだっけ？　という疑問が、料理を一口呑《の》み下すたびに胃袋《いぶくろ》に積もっていく。

食事が終わり、お手伝いさんが持ってきてくれたコーヒーを二口飲んだところで、志賀崎《しがさき》京《きょう》平《へい》が重たい声で言った。

「じゃあ、そろそろ真面目な話をしようか」

気詰《きづ》まりなせりふのはずなのに、僕《ぼく》は半分安堵《あんど》していた。よかった、今までのはやっぱり不真面目な話だったんだ。

伽耶《かや》はそうもいかないようで、オレンジジュースを一口飲んだきり離《はな》れたところに置いて、ぎこちなく背筋を伸《の》ばす。

「最初に、謝《あやま》っておく」

志賀崎京平《しがさききょうへい》は娘《むすめ》に身体《からだ》を向けて言った。

「出しゃばって真琴《まこと》くんのバンドに渡《わた》りをつけたことだ。伽耶《かや》のプライドを傷つけたね。あれはほんとうに済まなかった」

父親に深々と頭を下げられ、伽耶《かや》はテーブルの下に沈《しず》みそうなくらい恐縮《きょうしゅく》する。

「う、ううん、そんな」

ちゃんと謝《あやま》るんだな、と僕《ぼく》は失礼ながら意外に思った。僕《ぼく》が事前に持っていた志賀崎《しがさき》京平《きょうへい》に対するイメージはもう完全にひっくり返っていた。

「恥《は》ずかしい姿だから家族以外に見せたくはなかったが、真琴《まこと》くんにも謝《あやま》るべきだろうと思ったので今日はお呼びしたんだ。だしに使って済まなかった」

「いえ。僕《ぼく》は全然気にしてないです」

意外なことが続いたせいで、まるで飾《かざ》らない本音がするっと口から出てきた。ほんとうに、まったく気にしていなかった。伽耶《かや》と父親の間の問題だ。僕《ぼく》にとっては得なことしかなかったわけだし。

「それじゃあ伽耶《かや》の話を聞こう」と再び娘《むすめ》に向き直る。「おまえも、真琴《まこと》くんがいてくれた方が話しやすいだろう。ぼくたちに言っていないことがあるね？」

伽耶《かや》は身体《からだ》をこわばらせ、目を泳がせ、母親の顔に助けを求めるように視線を向け、けれどようやく父親に視線を返した。

「……ごめんなさい。……村瀬《むらせ》先輩《せんぱい》とおつきあいしているというのは嘘《うそ》なんです」

「そっちじゃないでしょっ？　ていうかそんな嘘《うそ》ついてたのっ？」思わずつっこむ。

「そんなの知っていたわよ」

「それが嘘《うそ》じゃなかったら彼《かれ》は五体満足でこの家に入れてないからねえ」

ご両親からもすかさずきつめの返し。伽耶《かや》は真っ赤になった。なにやってんの？

「……あの、ええと」

うまく言葉にできないでいる伽耶《かや》を見かねて、僕《ぼく》は小声で言った。

「……僕《ぼく》から言おうか？」

伽耶《かや》はぶんぶん首を振《ふ》った。それからぴんと身を起こし、ほとんどわめくように両親に向かって告げる。

「今の学校っ、もういやなの！　村瀬《むらせ》先輩《せんぱい》と同じ高校を受けたいんです！」

親から見えないように、僕《ぼく》は伽耶《かや》の背中をぽんと叩《たた》いた。よく言った。

しばらく、返答はなかった。志賀崎《しがさき》京平《きようへい》と黛《まゆずみ》蘭子《らんこ》は、なにやら思わせぶりな視線を交《か》わし、うなずきあった。

まず黛《まゆずみ》蘭子《らんこ》が立ち上がる。

「じゃあ伽耶《かや》ちゃん、ちょっと伽耶《かや》ちゃんのお部屋に行きましょう」

「……えっ？」

「必要な書類、お部屋にあるんでしょ？　それにほら、真琴《まこと》さんに昔のアルバムとか見てもらいたいでしょう」

よくわかっていない様子の伽耶《かや》が母親に連れ去られ、僕《ぼく》はダイニングに志賀崎《しがさき》京平《きようへい》と二人きりで残された。

……いやいやいや。置いていくなよ？

いくら想定以上にフレンドリーな人だといっても、気まずいことにかわりはない。

「男同士の話をしようかねえ」

――なんて言われたらますます嫌《いや》な予感しかしない。

「ぼくはね、伽耶《かや》のことをほんとうに大切だと思っているんだ。娘《むすめ》としてはもちろん、ひとつの才能としてもね」

それは、見ていてわかる。僕《ぼく》は黙《だま》ってうなずく。

「だから、芸能界に理解のある今の学校に入れたんだ。上の三人の子たちもみんな同じ学校を出ていて勝手を知っているしね。伽耶《かや》にも同じルートで芸の道に入ってほしかった。あの子は第二のちあきなおみになれるほどの才能だと思っている。きみはどう考える？」

「……いや、その人のことは知らないですけれど、すみません」

後で調べてみたらちあきなおみは大女優かつ、美空《みそら》ひばりと並び称《しょう》されるほどの大歌手で、実際に音源を聞いてみたらものすごい歌声の持ち主で、このときの自分の不明を深く深く恥《は》じることになるのだけれど、それは後の話。

「第二のだれかっていうんじゃなくて、第一に志賀崎伽耶《しがさきかや》としてすごいので」

「はっは。きみも言うねえ」

「いっしょに演《や》りたいって言ってくれるのはすごくうれしくて。……あと、すみません、女優とかモデルとかの方面はあんまり興味もなくて。音楽だけやるなら学校はそんなに特別なとこじゃなくてもいいですよね。同じ学校に来てくれるなら、はい、いっしょにいられる時間がすごく増えるわけで……僕《ぼく》の勝手な望みですけど、そうなったらうれしいです。でもとにかく、伽耶《かや》さんが自分で決めることだと思うので」

「うん。正直に言ってくれてありがたいよ」

そこで志賀崎《しがさき》京平《きようへい》はいったん言葉を切り、コーヒーを飲み干した。

「真琴《まこと》くんは、たぶん中高一貫《いつかん》校について詳《くわ》しく知らないと思うんだけど」

「……はあ。知らないです」

「中等部が全員持ち上がりで高等部に進級するの前提でやっててね。カリキュラムも普通《ふつう》の学校とちがうんだ。伽耶《かや》もいま授業でやってるところはすでに高校の範囲《はんい》が入ってる。ほら、受験対策に時間を割《さ》く必要がないわけだろう」

「あー、なるほど」

「先生方も高校受験のことなんてなんにも考えてないし、サポートもできないし、外部受験するなんて知られたら露骨《ろこつ》に嫌《いや》な顔をされて卒業まで色々嫌《いや》がらせされる学校もあるって聞いたねえ。伽耶《かや》の学校はさすがにそこまでじゃないと信じたいけどね」

なんでそんな怖《こわ》い話を僕《ぼく》にするんだよ……？

「それに、きみんとこの高校それなりにレベル高いよねえ」

「そ、そうですか？　真ん中くらいじゃ」

「それなりにレベル高いけどトップクラスじゃない学校の子はみんな自分のとこを真ん中くらいって言うもんだよね」

この人のねちっこい鋭《するど》さとでも呼ぶべき奇妙《きみょう》な気質、正直とても怖《こわ》い。

「きみたちに勉強教わってるみたいだけど、苦戦してるでしょう。しかもね、中高一貫《いっかん》校って外部受験した時点で高等部への進級資格がなくなる決まりのとこが多くてね。伽耶《かや》のところもたしかそうだったね。外部に行ってほしくないんだから当然だけどね。落ちたら高校行くとこなくなっちゃうわけ」

「はあ……」

「まあそのへんはね、ぼくが話をつけて、寄付金でなんとか。もちろん受かってくれればそれでいいんだけどね。色々大変だということはわかってくれたよね。きみも重々気をつけた方がいいよ」

「大変なのはわかりましたけど、でも」

唾《つば》を飲《の》み込《こ》むとからからの喉《のど》がひりりと痛む。

「伽耶《かや》……さんの問題なわけで、僕《ぼく》に言われても……気をつけろもなにも」

「ん？　ああ、いやいや！」

志賀崎京平《しがさききょうへい》は肩《かた》を揺《ゆ》すって笑った。

「伽耶《かや》の問題はもちろんぼくがなんとかする問題だよ。今のは将来きみに子供ができたときの話だ。親になったら気をつけましょうねって話」

「はあ。なんでまたそんな」

「きみの子供ならぼくにとっては孫ってことになるからね」

「なりませんけどッ？」


その後、伽耶《かや》を連れて戻《もど》ってきた黛蘭子《まゆずみらんこ》に昔のアルバムを見せてもらったり、デザートが出てきたりと、なごやかな時間を過ごした。幼い頃《ころ》の伽耶《かや》は、これはもう志賀崎京平《しがさききょうへい》が極度の親馬鹿になるのもやむなしの天使だった。隣《となり》で伽耶《かや》本人は盛大《せいだい》に恥《は》ずかしがっていたけれど。

そろそろおいとまを、という時間になり、志賀崎京平《しがさききょうへい》はハイヤーを呼んだ。

車を待つ間、ふと訊《き》いてくる。

「ぼくらが喋《しゃべ》りっぱなしだったね。真琴《まこと》くんの方からなにか訊《き》きたいことはない？　いきなり連れてこられてわけのわからないことだらけだったろう」

「あー、いや、はい。……そうですね……」

訊《き》きたいことか。たくさんあるけれど、あえてそちらから切り出されると。

「あ」

ひとつ思いついた。

「京平《きょうへい》さんって、コンサートでフルオーケストラと共演したことありますよね」

志賀崎京平《しがさききょうへい》は目をしばたたいた。

「……何度もあるよ」

「あれって、その、ドラムスがなくてベースもアタックがないじゃないですか。歌手だと指揮者よりも前に出ててタクトなんて見えてないじゃないですか。どうやって歌をアンサンブルに合わせるのかな、って」

しばらく奇妙《きみょう》な表情で固まった後、志賀崎京平《しがさききょうへい》は笑い出した。

「この流れでなにか訊《き》きたいことはないかって言われて、出てくる質問がそれなのかい？」

僕《ぼく》は頭を掻《か》く。だってしょうがないじゃないか。いちばん知りたいことなんだから。

「……音楽バカだから……」と伽耶《かや》が隣《となり》でつぶやいた。悪かったな。

「いやあ、聞きしに勝《まさ》る、だね」と志賀崎京平《しがさききょうへい》は自分の頰《ほお》をぴたぴた叩《たた》いた。「たしかにフルオケとの合わせは難しいよ。やる予定があるの？」

「いや、そんな身分じゃないんですけど。でも今、オーケストラの人たちとちょっと知り合って、練習とか見せてもらって、将来的に共演できたらいいなあって思ってて」

「いいねえ。野心的だねえ」志賀崎京平《しがさききょうへい》は顔をほころばせる。「オケとのライヴはね、あれはもう、いっぺんやってみないとわからないだろうね。なんというか、うん、まあ、要所要所で指揮者を振《ふ》り返《かえ》って棒を見るんだけど、基本的には——」

大きく両腕《りょううで》を広げ、宙を泳がせ、しばらく言葉を探す。やがてその両手が結ばれる。

「身体《からだ》全体が呑《の》み込《こ》まれるんだ。合わせるんじゃなくて、合っちゃうんだよ」


帰りの車にはなぜか伽耶《かや》が同乗した。

「わざわざ来てもらったので、送ります」

送ります、と言われても、送ってくれるのは運転手さんなわけで、行き帰りの時間を伽耶《かや》が無駄《むだ》にするだけでは？　と思ったけれど、口には出さない。それに僕《ぼく》も今日は伽耶《かや》と全然話していないのでありがたかった。

「先輩《せんぱい》、今日はほんとにありがとうございました。すごい時間とらせちゃって……わたしもあんなに長話するなんて思ってなくて」

「ううん。楽しかった。面白《おもしろ》い話たくさん聞けたし」

「わっ、わたしは、は、恥《は》ずかしくて……あのっ、芋掘《いもほ》りで穴に落っこちたりとか花火で大泣きしたりとかの話はぜったいに他の人に――」

「しないって！　ていうか面白《おもしろ》かったってのはそういう話じゃなくて」

いや、ちっこかった頃《ころ》の伽耶《かや》のかわいいエピソードもそれはそれは楽しませていただきましたけれども。

「お父さん、歌手の経験深いから。そっちの話をたくさんしてもらった。なんかね、実際に逢《あ》う前は、怒《おこ》られるんじゃないかって怖《こわ》かったけど」

伽耶《かや》は自分の膝《ひざ》に目を落として小さくうなずく。

「そうですね。……わたしも、もっと早くに話しておけばよかったです。……大事なことは、やっぱり、ちゃんと言葉にしないとだめですよね」

「……うん」

伽耶《かや》の両手が膝《ひざ》の上でもじもじとこすり合わされる。何度か口を開きかけ、ためらい、言葉を呑《の》み込むのを繰《く》り返《かえ》した。やがて意を決したらしく僕《ぼく》の目をのぞき込《こ》んでくる。

「あっ、先輩《せんぱい》っ！　願書のっ、提出日がですね！」

「え？」

「二月の！　十四日なんです！」

「そうなんだ？」コンサートの日じゃないか。

「それでっ、先輩《せんぱい》の高校に行きますのでっ、放課後！　もしおひまなら、息抜《いきぬ》きにつきあってくれませんかっ？　わたし受験勉強すごくすごくすごくがんばってると思うんです！　一日くらい遊んでもいいんじゃないかってっ」

なんでそんな大声なんだよ。しかし、よりにもよって十四日なのか。

「十四日は、ううん、夕方からちょっと——」

いか。

僕《ぼく》が言いかけると伽耶《かや》は泣《な》き崩《くず》れそうな顔になった。そのとき気づく。むしろ好都合じゃないか。

バレンタインコンサートの話をする。

「それで、クラシック興味ないかもしれないけど、よかったら」

「行きますっ、ぜったい行きます！」

伽耶《かや》は頬《ほお》を紅潮させて即答《そくとう》した。

ほっとしつつも、僕《ぼく》が思い出していたのは、伽耶《かや》を誘《さそ》おうかなとふとつぶやいたときのバンドメンバー三人の剣幕《けんまく》だった。袋《ふくろ》だたきにされたっけ。たしかに試験前の受験生を誘《さそ》おうってのは無思慮《しりよ》だったかもしれないけど、こうして本人が息抜《いきぬ》きしても大丈夫《だいじょうぶ》って判断してるなら、気兼《きが》ねしなくてもいい——よね？

4　甘《あま》い血のヴァレンタイン

「――まさかほんとうに誘《さそ》うなんて。村瀬《むらせ》くんを甘《あま》く見《み》ていた」

凛子《りんこ》はそう嘆息《たんそく》した。

「もう首輪でもつけとかないとだめだね」

朱音《あかね》は肩《かた》をすくめた。

「真琴《まこと》さんっ、あれほど時期を考えてくださいと言ったのにっ」

詩月《しづき》が泣きそうな顔ですがりついてくる。

週明け、みんなに伽耶《かや》がコンサートに来る件を伝えたらこれである。

「いや、あの、本人がいいっていうならいいんじゃないの？　べつに一日中遊び回るわけじゃないんだし、一時間ちょっとのコンサート聴《き》いたくらいで受験に影響《えいきょう》は――」

「受験の話はしていません」

えええええええ。じゃあなんでこんなに総攻撃《そうこうげき》されてるの？

「まあしかたない」と凛子《りんこ》。「コンサートのクォリティをできる限り上げて、演奏のことしか考えられない状態にしてやりましょう」

「凛《りん》ちゃんの前向きさと心の強さ、すごいよね。なんでそれでピアノコンクールからドロップアウトしたのかわからない」

「あの頃《ころ》のわたしには村瀬《むらせ》くんがいなかったから」

「凛子《りんこ》さん、呼吸するように自然なアピール、正直嫉妬《しっと》します」

「詩月《しづき》は過呼吸だから」

「そ、そうですよね……もう少し落ち着きたいとつねづね思っています……。過呼吸ってどうやったら治るのでしょうか」

「キスしたら治るってなんかで読んだことあるけど」

「それなら過呼吸のままでいいです！」

いつもながら意味もわからないし割《わ》り込《こ》みどころもわからないやりとりだった。

「で、演目決めないとね。オケの人たちも、うちらの意見欲《ほ》しいって言ってたし」

そしていつもながら唐突《とうとつ》に話が真面目に戻《もど》る。精神構造もわからない。

「クラシック初心者向けというのは……難しいですね。私も初心者ですけれど。なにを聴《き》きたいかといわれても。そもそも知らないわけですし」

「初心者に聴《き》かせるべき曲というのはなかなか答えが出ないけれど、聴《き》かせてはいけない曲ならはっきりしている」

凛子《りんこ》がきっぱり言う。

「難しい現代音楽とか？」と僕《ぼく》は訊《たず》ねる。無調時代は言うに及《およ》ばず、ストラヴィンスキーとかシェーンベルクあたりも厳しそうだ。でも凛子《りんこ》は首を振《ふ》った。

「まず避《さ》けるべきはウィーン古典派」

「え、なんで」

「古典派ってモーツァルトとかベートーヴェンだっけ？　クラシックど真ん中じゃないの」

「モーツァルトもベートーヴェンも名作と同じくらい駄作《ださく》が多い。名作の曲中でもだれる部分がほとんど必ずある。たとえばこのあいだ演《や》った『ジュピター』にしたって第二楽章はいかにもお義理で書きましたという感じのアンダンテだし」

個人の意見！　個人の意見ですから！

「えっと、じゃあもう少し後の時代の曲がいいってことですか」

「ロマン派？　ブラームス、ヴァーグナーあたりはまずなにより曲が長いからおすすめできない。それに編成が大規模すぎて『けものみち』ではできないし。特にドイツ音楽はそうやって大げさになる傾向《けいこう》が強い」

「ドイツじゃない方がいいわけ？」

「ドイツを離《はな》れると今度は知名度がぐんと落ちる。日本の音楽教育はドイツ偏重《へんちょう》主義だから。フランス系の作曲家なんてぱっと思《おも》い浮《う》かばないでしょう。フランクですら全然知られてない。サン＝サーンス、ラヴェルくらい？　ラヴェルの良さはオーケストレーションだから人員を楽《がく》譜《ふ》に忠実にそろえられないとやっぱり厳しい」

「イタリアは有名じゃないんですか。オペラの本家本元ですよね」

「オペラは初心者には絶対に聴《き》かせちゃだめ」

「なんでっ？」またも僕《ぼく》は食ってかかる。

「歌曲、とくに独唱曲は歌が強すぎて良くも悪くも歌手の実力ありき。聴《き》く方も歌しか聴《き》かないから管弦楽《かんげんがく》の良さを味わえない。主役はあくまでも『けものみち』のみなさんでしょう」

「ううん、まあ、そうだけど……」

「あとこれはコンサートとは関係ないけれどオペラって脚本《きゃくほん》がみんなひどいからわたしは好きじゃない」

　個人の意見！　100パーセント個人の意見ですからねっ？

「じゃあ東の方？　ロシアか。チャイコフスキーとかラフマニノフあたりは有名曲多いしメロディもわかりやすいしいいんじゃないの」

「そのへんになるとわたしがピアノ協奏曲をやりたくてしょうがなくなってしまうからだめ」

「完全に個人的事情じゃねーか！」

　もうそこまでいったら聴《き》かせられる曲なんてないってことになっちゃうぞ。

「じゃあ凛《りん》ちゃんが考える初心者におすすめのクラシックって、だれの曲」

　朱音《あかね》の問いに凛子《りんこ》は少し考えるふりをしてから答えた。

「ショパン」

「ピアノ曲しか書いてないだろ！」僕《ぼく》は即座《そくざ》につっこんだ。「オケが主役って言ってたのはなんだったんだよ？」

「王様なので、つい」

凛子《りんこ》は悪びれもせずに言った。一応ショパンの名誉《めいよ》のために申《もう》し添《そ》えておくとオーケストラを伴《ともな》う曲もわずかに書いてはいるが、ピアノが主役張りまくりの協奏曲だけである。

「それだとけっきょくクラシック以外から選曲した方がいいのでしょうか。ゲームとか映画。ドラゴンクエストの曲とかジブリの曲とかはみんな知っていますよね」

詩月《しづき》がまともな案を出してくる。検討には値《あたい》するが――

「そういうの『けものみち』の人たちのレパートリーになさそう。あとね、ゲームとか映画のオーケストラ曲ってやっぱり金管楽器が派手な曲になっちゃうから、小編成だと厳しいんだよね。音量バランスがどうしても」

どの方面にしろ、編成の問題は重たくのしかかってくるのだ。

そこで音楽室のドアが開き、大勢の生徒たちがどやどや入ってきた。これから音楽祭のカンタータの全体練習があり、その前の空き時間でこうしてだべっていたわけなのである。

総勢八十名。大合唱団だ。音楽室はいっぱいになってしまう。

一通りの柔軟《じゅうなん》体操と発声練習の後、スマホを音楽室のメインスピーカーにつなぎ、打《う》ち込《こ》みのオーケストラ伴奏《ばんそう》を流す。

フーガもコラールもずいぶん様になってきた。

合唱の完成度と裏腹に、僕《ぼく》の不満は募《つの》っていた。なまじ『けものみち交響楽団《こうきょうがくだん》』のハイレベルなライヴ演奏を目の前で聴《き》いてしまったせいで、自分のシーケンサで作ったバッハの管弦《かんげん》楽《がく》がひどく貧相《ひんそう》に聞こえた。

やっぱりピアノ伴奏《ばんそう》に戻《もど》そうか。

でも、ピアノ伴奏《ばんそう》のみの混声四部合唱って、いかにも学校の授業でやっていますって感じの硬《かた》い雰囲気《ふんいき》が出てしまって好きじゃないんだよな。管弦楽《かんげんがく》まで含《ふく》めてバッハの作品なわけだし、とくにコラールの方なんて管弦楽《かんげんがく》が主役な部分もあるし。

余計なことを考えていたせいか、その日の練習はあまり身が入らず、隣《となり》の凛子《りんこ》にしょっちゅう肘《ひじ》で突《つ》っつかれる羽目になった。

練習後、帰《かえ》り際《ぎわ》の二年生男子たちの会話がふと耳に入る。

「なんか最近は一曲目の方が好きになってきた」

「あ、わかる。女子とのおっかけっこがぴたっとはまるの気持ちいいよな」

一曲目とはカンタータから抜粋《ばっすい》した第一合唱『心と口と行いと生活で』のことだ。有名なのは二番目にやる終曲コラール『主よ、人の望みの喜びよ』の方だけれど、僕《ぼく》も第一曲の方がずっと好きだったので、これはうれしい感想だった。

「なんか聞いたことあるっていうだけの曲が、ちゃんと全部わかるの楽しい」

「全部聴《き》いたら知らなかった部分の方が良かったりして、なんかお得」

「詳《くわ》しいふりできるし」

「でも曲名ぜんぜん憶《おぼ》えらんないんだよな」

「それなー」

「メロディとかテーマとかさ、ただひたすら気持ちよくて」

「なんかクラシックをこんな軽く聴《き》いてていいのかなって申し訳なく――」

二年生男子たちは笑いながら音楽室を出ていった。はっと我に返った僕《ぼく》は凛子《りんこ》の方を見た。目が合う。彼女《かのじょ》も今の会話を耳にしていたのだ。僕《ぼく》と同じことを考えているのが視線だけでわかった。

僕《ぼく》らは先を競《きそ》うようにして音楽準備室に飛《と》び込《こ》んだ。中にいた小森《こもり》先生が目を丸くする。

「倉庫、開けてもらってもいいですか？　楽譜《がくふ》見たいので」

僕《ぼく》の語勢に目を白黒させながらも先生はうなずいた。

＊

「バッハですか！　得意ですよ」

小此木《おこのぎ》さんは僕《ぼく》らが持ってきた楽譜《がくふ》を見て顔をほころばせる。僕《ぼく》はうなずいた。

「『けものみち』のこれまでの公演プログラムを調べて、バロックをけっこう演《や》ってるなって思って。小編成だし、通奏低音ならコントラバスの少なさはカバーできるっていうか、むしろ音量バランス的にちょうどいいかと」

「なるほど、この曲なら有名だからみんな知っていそうですな。しかし」

手早く楽譜《がくふ》のページをめくり、表情を引《ひ》き締《し》める。

「第三番だけで——というかこの楽章だけでいいのではないでしょうか。有名なのはこのメロディだけですし。全曲だとかなり長いですよ。その上、二番も四番もやるというのは、ちょっとお客さんが飽《あ》きてしまわないか心配で。他の有名曲を並べた方が……」

他の楽団員たちもテーブルを取り囲み、楽譜《がくふ》をのぞき込《こ》んでくる。コンミスの田端《たばた》さんをはじめ、各パートの首席奏者たちがそろっている。この間の練習会場だった区民会館そばの小さなカフェの店内だ。なんと小此木《おこのぎ》さん、本業はここのマスターなのだという。

「私も第二番の方が好きですけどねえ」と田端《たばた》さんが言う。「メランコリックで素敵《すてき》。でも若い方は知らないでしょう」

「いいねえ俺《おれ》フランス風序曲って大好きでさ、ヴィヴァーチェに切《き》り替《か》わる瞬間《しゅんかん》の気持ちよさは格別でね」

「ロ短調のはあたしらフルート吹《ふ》きにとっちゃ憧《あこが》れですよ、そんじょそこらのコンチェルトよりもよほど目立つ」

「でもなあ」

「ううん。いつもの定期演奏会ならいいが」

「チェンバロどうすんの」

「それはわたしが」と凛子《りんこ》が手を挙げる。「シンセサイザーを許容していただけるなら」

「そこはかまわんですし、ありがたいですが」

「バッハなんてウケるかなあ」

「ひょっとしてお友達にリサーチした結果とかですか。私らが知らんだけで若い人たちの間では二番も四番も有名だったりするんですか」

「いえ、そんなことないです」僕《ぼく》は首を振《ふ》る。「みんな、聞いたことがあるのは三番のアリアだけだと思います」

「でしょうなあ。ううん」

「でも、ぜひ——」

僕《ぼく》は腰《こし》を浮《う》かしかけ、ふと我に返って恐縮《きょうしゅく》した。

「あの、すみません。僕《ぼく》はそもそも演《や》る側じゃないし、ただの客で、完全に個人的なわがままなんですけど、でも」

楽譜《がくふ》に目を落とし、序曲の躍動《やくどう》する複旋律《ふくせんりつ》の流れを指でたどる。

そのとき僕《ぼく》が考えていたのは、こんなことだ。

華園《はなぞの》先生ならどうしただろう？　あの人がオーケストラに参加できていたら。選曲の会合でこの人たちを前になにを話しただろう。どんなふうに心に火をつけただろう？

「これを聴《き》きたいんです。今の『けものみち』なら、絶対にこれがいちばんいいんです」

息を詰《つ》め、小此木《おこのぎ》さんたちの視線を真正面から受け止めた。

＊

二月十四日の放課後、校門のところで伽耶《かや》と待ち合わせした。

待っている間も、寒さに鼻の頭を赤くした中学三年生が何人も校門をまたいで入っていき、緊張《きんちょう》の解けた顔で出ていった。ひとつ歳下《としした》なだけなのにやけに幼く見えるものだな、と僕《ぼく》は不思議に思った。受験生で余裕《よゆう》がなさそうだからだろうか。

思えば僕《ぼく》も、ちょうど一年前、彼《かれ》らと同じように鞄《かばん》に大判封筒《ふうとう》を忍《しの》ばせてうつむきながらこの門を通ったのだ。校内ですれちがう本校生の制服姿が、みんなでかく見えたものだ。たしか大雪の日だったっけ。今日は薄曇《うすぐも》りで、天気が崩《くず》れなくてよかった。

もう、一年たとうとしているのか。

ほんとうにあっという間だった。振《ふ》り返《かえ》ってみると、なんだか僕《ぼく》の人生じゃないみたいだ。

たくさんの才能に巡《めぐ》り逢《あ》って、音を重ねて、舞台《ぶたい》で光を浴びて――

「先輩《せんぱい》!」

声がして我に返る。

灯《あか》り色のコートを着た小さな人影《ひとかげ》が歩道をこちらに駆《か》けてくる。伽耶《かや》だ。春が間違《まちが》って早く来すぎてしまったみたいなきらきらしさで、無意識に目を細めてしまう。

「すみません、待たせてしまって」

僕《ぼく》の目の前まで来た伽耶《かや》はタイツの膝《ひざ》に両手を当てて身を折り、荒《あら》い息をつきながら言う。

僕《ぼく》はあわてて首を振《ふ》った。

「そんなに待ってないよ、大丈夫《だいじょうぶ》」

「寒いから外で待っていてくれなくても……よかったのに……」

「いや、なんか今日はずっと気持ちが昂《たか》ぶってて。ちょっと頭冷やしたかったんだ」

伽耶《かや》は目をしばたたく。

「そんなに……つまり、その、楽しみにしてたんですか」

「うん。伽耶《かや》がいっしょに行くって言ってくれてほんとによかった」

カップル限定コンサートなのだ。凛子《りんこ》も詩月《しづき》も朱音《あかね》もみんな演者として参加、伽耶《かや》がだめだったら他に誘《さそ》うあてもない。まさか姉がカップルのふりをして協力してくれるわけもないし。もちろん頼《たの》めば舞台袖《ぶたいそで》で聴《き》かせてもらうことはできただろうけれど、今回ばかりはどうしても客席でちゃんと聴《き》きたかった。

クラシックオーケストラは客席に向かって最適に響《ひび》くように各楽器が配置され、演奏の呼吸がそろえられている。真正面から聴《き》かないと正しく楽しめない。

「そっ、そうですか。……わ、わたしも、どきどきして眠《ねむ》れませんでした。緊張《きんちょう》して」

「今日は願書出すだけでしょ？　試験本番じゃないんだし」

「願書のことじゃありません！」

伽耶《かや》はぷりぷり怒《おこ》って玄関《げんかん》口に大股《おおまた》で向かっていった。

当然ながら彼女《かのじょ》はうちの生徒たちの注目の的になる。女優でモデルだから顔を知られているし、たとえ芸能人に疎《うと》くても伽耶《かや》のまとう華《はな》やいだ雰囲気《ふんいき》は無視できないだろう。

「え、あの子」「うち受けるの？」

ひそめた会話が周囲で交《か》わされ、スマホで写真を撮《と》るやつも出てくる。

そんな周囲の雑音を気にもとめず、伽耶《かや》は来客用受付で名簿《めいぼ》に名前を書き、鞄《かばん》からスリッパを取り出し、憤然《ふんぜん》と校舎内に踏《ふ》み込《こ》んでいく。僕《ぼく》はあわてて追いかけた。

「では、願書提出なんていうつまんない用事はさっさと終わらせてきますから！」

階段前で足を止めた伽耶《かや》は僕《ぼく》を振《ふ》り返《かえ》って言う。

「……う、うん。がんばって……？」

がんばることではないか。しかしつまらない用事でもないのでは？

階段の一段目に足をのせようとして、伽耶《かや》はまたも振《ふ》り向《む》く。

「先輩《せんぱい》っ、合格パワー込《こ》めてください！」

鞄《かばん》から白い封筒《ふうとう》を取り出して僕《ぼく》の目の前まで戻《もど》ってくる。

「パワーって……ええと。こう？」

封筒《ふうとう》に両手をかざし、よくわからんが歯を食いしばってなにか波動っぽいものを送った。

「ありがとうございます！　いってきます！」

伽耶《かや》は勇ましく踵《きびす》を返《かえ》して階段を駆《か》け上《あ》がっていった。


「あ、このホール知ってます」

区立文化会館を見て、伽耶《かや》は言った。

「音響《おんきょう》すごく良《い》いって兄が言ってました」

伽耶《かや》のいちばん上の兄は、今や音楽面においては父親をしのぐ人気の演歌歌手だ。プロも認める優良会場だったのか。

ホールをのぞいてみると、なるほど、ステージ背後に優美な曲面の反響板《はんきょうばん》が設《しつら》えられ、天井《てんじょう》にも壁《かべ》にも複雑な凹凸《おうとつ》加工が施《ほどこ》してある。音響《おんきょう》工学には詳《くわ》しくないけれど、ものすごく気を遣《つか》って設計されていそうな雰囲気《ふんいき》だ。

こんな会場を、これまで年二回も無料で使えていたのか。

楽屋に顔を出すと、燕尾服《えんびふく》やドレスの楽団員たちの間に、僕《ぼく》らのバンドメンバーの姿もあった。凛子《りんこ》も詩月《しづき》も朱音《あかね》も、落ち着いた黒のワンピースだ。袖《そで》と襟元《えりもと》にメッシュ生地《きじ》があしらわれ、たいへん大人びて見える。

「伽耶《かや》ちゃん！　来てくれてありがとーっ！」

さっそくこちらを見つけた朱音《あかね》が走ってきて伽耶《かや》に抱《だ》きつく。

「先輩《せんぱい》たち、素敵《すてき》です……ＰＮＯのステージも一度こんな感じでやりましょう！」

ハグを受け止めながら伽耶《かや》も声を弾《はず》ませる。詩月《しづき》がドレスを見下ろしてつぶやく。

「ただこれ露出《ろしゅつ》が多いので真琴《まこと》さんの体つきの骨っぽさをどうやって隠《かく》すかが問題ですね」

「なんで僕《ぼく》も同じの着る前提なんだよ」

というか、オーケストラに参加したいなんて思っていたけど、クラシックは礼装か。僕《ぼく》に似合うとは思えないから、やっぱり聴《き》く側でよかったかも。

「やあ、村瀬《むらせ》さん。お友達もごいっしょですかな。今日は楽しんでいって――」

燕尾服《えんびふく》をダンディに着こなした小此木《おこのぎ》さんが寄ってきてそう言いかけ、僕《ぼく》を見て目を丸くして口をつぐむ。どうしたんだろう？

「……ああ、いや、……男の方、だったんですな？　いやてっきり」

制服姿見てようやく気づいたのッ？　あり得なくないっ？

「だから私はそう言ったじゃない。声からしてそうでしょって」

「でも女の子バンドって言ってたし、みんなそろってたら……ほら……」

「最近女の子でもそういうねえ、わりと、さっぱりした感じの」

楽団員たちが口々に言うので朱音《あかね》は笑いをこらえ詩月《しづき》はなぜか得意げにうんうんとうなずき凛子《りんこ》はほらみなさいと言いたげな視線を投げてくる。僕《ぼく》は頭が痛くなってきて楽屋を逃《に》げ出《だ》した。伽耶《かや》もバンドメンバー三人もついてくる。

「それで、村瀬《むらせ》くん」

凛子《りんこ》の傲岸《ごうがん》な物言いも、今日の衣装《いしょう》だと二割増しくらいに聞こえる。

「開演前に手荷物のチェックをさせてもらう」

「は？　なんで」

「とぼけないで。鞄《かばん》の中に、今日あちこちからもらったチョコが入っているでしょう」

凛子《りんこ》の言葉に他の三人も目を剝《む》く。

「……いや、まあ、入ってるけど。……なんでチェックされなきゃいけないの」

「リーダーの女性問題はバンドの死活問題。早く見せて」

なんだその理屈《りくつ》？

でもべつに隠《かく》す理由もなかったし、押《お》し問答《もんどう》も面倒《めんどう》だったので僕《ぼく》は鞄《かばん》を開けた。

「こんなにっ？」

詩月《しづき》が悲鳴に近い声をあげる。

紙袋《かみぶくろ》が三つ、鞄《かばん》の中にぎゅう詰《づ》めにしてあった。中には色とりどりの市販《しはん》の安いチョコがぎっしり。

「あー、いや、あの、これね」なんで言い訳しなければいけないんだろう、と思いつつも僕《ぼく》は説明した。「クラスの女子が、村瀬《むらせ》はもらう側じゃなくてあげる側でしょ、とか言って。どうせ用意してないだろうからこれ配れば、って余った義理チョコをみんな僕《ぼく》に押《お》しつけてきて。そんで六組と八組の女子もなんか面白《おもしろ》がって便乗して僕《ぼく》に」

伽耶《かや》は盛大《せいだい》なため息をついて僕《ぼく》の顔をのぞき込《こ》んでくる。

「先輩《せんぱい》、それ真に受けたんですか……？」

「え？　あ、うん。……え？」

「伽耶《かや》ちゃん、そのまっすぐ核心《かくしん》を突《つ》くの、すれちゃったうちらにはちょっと真似《まね》できない」

「ほんとですね、私たちは真琴《まこと》さんがこんな隙《すき》だらけなところを見せたらどういじくるかに意識が向いてしまって」

「え、あ、あの、今のはまずい発言でしたか……？」

「ちっともまずくない。純粋《じゅんすい》に感心している」

こっちは純粋《じゅんすい》に意味がわからんのだけど？

「それで村瀬《むらせ》くん。これは女の子からバレンタインデーのチョコとしてもらったわけではなく、あくまでも余ったものを配布用として譲《ゆず》り受《う》けた、と、あなたはそう認識《にんしき》しているわけ」

「うん……認識《にんしき》っていうか、そう言われたんだし……」

「じゃあ今オケのみなさんにわたしたちからということで配ってもなんの問題もない？」

「……はあ。どうぞ」

僕《ぼく》が紙袋《かみぶくろ》を三つとも差し出すと朱音《あかね》が満面の笑《え》みで横から一袋《ふくろ》かっさらった。

「凛《りん》ちゃんさすが！　真琴《まこと》ちゃんを転がすのほんと巧《うま》いよね！」

詩月《しづき》も一袋《ふくろ》とって感嘆《かんたん》する。

「そうやって誘導《ゆうどう》するんですね、いちばん付き合いが長いだけありますね……」

最後の一袋《ふくろ》を奪《うば》った凛子《りんこ》が平然と言う。

「村瀬《むらせ》くんのことはおむつがとれてない頃《ころ》から知っているから」

なんかついに過去の記憶《きおく》を捏造《ねつぞう》し始めたぞ。もうどうでもいいけど。

「じゃあ二人とも」と凛子《りんこ》は僕《ぼく》と伽耶《かや》に向き直る。「最高の演奏にするから。隣《となり》にだれが座《すわ》っているのかなんて忘れてしまうくらいの」


およそ五百席の中規模ホールは、カップル客で埋《う》まっていた。

ざっと見渡《みわた》しただけでも、客の平均年齢《ねんれい》が異様に若いのがわかる。僕《ぼく》や伽耶《かや》と同じく制服で来ている高校生の姿もちらほら目につく。年配のご夫婦《ふうふ》とおぼしき客もいることはいるけれど、全体的にはとてもクラシックのコンサートとは思えない雰囲気《ふんいき》だ。

だからだろうか、楽団員たちが舞台《ぶたい》に現れただけで軽い拍手《はくしゅ》が起きてしまった。

このバレンタインコンサートではよくあることで小此木《おこのぎ》さんたちも慣れているのだろうか、笑って手を振《ふ》り、それぞれの楽器の準備をする。

やがてオーボエがAの音をおごそかに長く長く伸《の》ばし始める。

拍手《はくしゅ》するな！　これは演奏じゃないから！　全員でチューニングしているだけだから！　と周囲に念を送りつつ、僕《ぼく》はプログラムを開いた。

よかった、演目がちゃんと印刷されている。

一ヶ月前でも未定だったせいで、ビラには演目が書かれていなかったのだ。ひょっとしてプログラムにも間に合わないのではないかと危惧《きぐ》していたけれど、さすがに大丈夫《だいじょうぶ》だったか。

ヨハン・セバスティアン・バッハ
管弦楽《かんげんがく》組曲　第三番　ニ長調
管弦楽《かんげんがく》組曲　第二番　ロ短調
管弦楽《かんげんがく》組曲　第四番　ニ長調

そう書かれたプログラムを見て伽耶《かや》は小さく首をかしげる。

「知らない曲ですけど……番号順じゃないんですね」

「ああ、うん、なんでかっていうと」

そのとき、またしても拍手《はくしゅ》が起きた。

今度は正当な拍手《はくしゅ》だった。調律が終わり、指揮者の小森《こもり》先生が舞台《ぶたい》に歩み出てきたのだ。小《こ》柄《がら》で細身のパンツスーツ姿の、大学生気分がまるで抜《ぬ》けきっていない風采《ふうさい》。普通《ふつう》のコンサートだったら袖《そで》から出てきても指揮者だと思ってもらえなくて拍手《はくしゅ》など起きなかったかもしれない。クラシック初心者ばかりという客層がこのときばかりは良《い》い方に働いた。

指揮台のすぐそばまでやってきた小森《こもり》先生はコンミスの田端《たばた》さんと握手《あくしゅ》し、客席に向かって一礼した。僕《ぼく》も拍手《はくしゅ》し、伽耶《かや》もそれにならう。

「みなさんこんばんは！」

口を開くと、僕《ぼく》らが知っているいつもの小森《こもり》先生だった。安心してしまう。というか演奏前に指揮者がいきなり喋《しゃべ》るの？

「今日は『けものみち交響楽団《こうきょうがくだん》』バレンタインコンサートにようこそ！　若いお客さんいっぱいでうれしいです！　みなさん、たぶん普段《ふだん》クラシックあんまり聴《き》かないと思うので、今日演《や》る曲について少しお話ししますね」

そこで先生は咳払《せきばら》いをひとつ入れて声の調子を落とす。

「あのですね、いきなりであれですけど、みなさんポップスとかロックとかのライヴは行きますか？　あれって事前に演《や》る曲発表しないのが普通《ふつう》ですよね？　発表されちゃうとむしろ興醒《きょうざ》めっていうか。でもクラシックだともうビラの段階から演目でっかく書いちゃうんですよね。なんででしょうね？　不思議」

たしかに不思議だが――僕《ぼく》もPNOでピアノ協奏曲を演《や》ったときは曲名も含《ふく》めて事前告知したものだが――それより不思議なのは演奏前に長話を始めた小森《こもり》先生だった。なんなんだ。みんな戸惑《とまど》ってないか？　いや、むしろクラシック初心者だとこんなフランクな感じに前振《まえふ》りがあった方がいいのかな？

「ということで今回、クラシック以外のコンサートになじんでいるみなさんに合わせて、演目を事前告知しませんでした！」

ええええええ。僕《ぼく》は内心の驚《おどろ》きを声に出さないようにと苦労した。

すぐに小森《こもり》先生はしゅんとなって謝《あやま》る。

「ごめんなさい。嘘《うそ》です。実は一ヶ月前になっても演《や》る曲が決まってなかったんです……」

爆笑《ばくしょう》が起きる。ウケてる。

「なんで決まっていなかったかというとですね、見てください」と先生は背後に控《ひか》える楽団を手で示す。「人数、少ないでしょ？　演《や》れる曲がなかなかないんです！　でも安心してください。ちゃんと見つけました。大バッハの管弦楽《かんげんがく》組曲。三番、二番、四番を演《や》ります。なんで順番通り演《や》らないの？　って思ってる人もいるかもしれませんけど」

ありがたいことに、伽耶《かや》にしようとした説明を先生が代わりにしてくれた。

「三番と四番、どっちも二長調で、曲調がすっごいよく似てるんです！　続けて演《や》ったら聴《き》いてるみなさん『あれ？　さっきもこれやらなかった？』ってなっちゃいます。っていうか演《や》ってるわたしたちが混乱します」

またも笑い声。『題名のない音楽会』みたいなノリになってきた。

「だからしっとりしたロ短調の二番を間に挟《はさ》んで気分を変えてもらおうっていうプログラムです。二長調とロ短調、どっちもシャープ二つ、同じ調がずっと続くんですね。これ、とっても楽ちんですね。楽器の持《も》ち替《か》えがなくて済むし、ティンパニの調律もやり直さずに済みます。あっこれはこっちの事情ですけど」

さすがに心配になってきたところで、オーケストラの最後方から咳払《せきばら》いが飛ぶ。小此木《おこのぎ》さんだった。その隣《となり》で詩月《しづき》は笑いをこらえている。

「あっごめんなさい、音楽の授業みたいになっちゃいました！　本業がそっちなので、つい。というかお客さんの中にうちの生徒ちらほらいますね？　先生がんばるからね！」

三度目の笑いをさらったところで小森《こもり》先生は指揮台にあがった。

譜面《ふめん》台からタクトを取り上げた瞬間《しゅんかん》、ホールの空気が一変したのがわかった。喉《のど》が灼《や》けそうなほど濃密《のうみつ》に。

小森《こもり》先生の振《ふ》るうタクトの先が、その灼熱《しやくねつ》して透《す》き通《とお》った上澄《うわず》みをすくいとる。

全合奏が弾《はじ》けた。ティンパニロールに導かれた輝《かがや》かしいトランペットの号令の下、オーボエと弦楽《げんがく》がゆったりとした足取りの旋律《せんりつ》でホールを満たす。僕《ぼく》は序曲のこの始まりを耳にするときいつも、長いスカートを裾《すそ》を持ち上げながら拍手喝采《はくしゆかつさい》を浴びて舞踏《ぶとう》場に入ってくる麗人《れいじん》たちの一団を思《おも》い浮《う》かべてしまう。たおやかな笑顔《えがお》を振《ふ》りまき、エネルギーを秘め、熱狂《ねつきよう》の予感を一歩一歩ににじませている。

壮麗《そうれい》な入場曲がやがて静まり、終止音がふと途《と》切《ぎ》れたところから軽快なリズムが染《し》み出してくる。最初はふつふつと泡立《あわだ》つギャロップ。第二声部が重ねられてフーガを形作るとさらに加速する。応える第三声部にバスが加わり、ティンパニとトランペットが興奮に着火する。弦楽《げんがく》とオーボエとが激しくからみあい、もつれ、身をこすりつけ、名残惜《なごりお》しげに離《はな》れ、また引き寄せ合うダンスステップ。熱狂《ねつきよう》と理性とが精緻《せいち》な音楽理論の上で完全に両立し、まるで無限に展開されていくフラクタル図形のようだ。

荘重《グラーヴェ》と快活《ヴイヴアーチエ》、かけ離《はな》れた二つのリズムの間で聴衆《ちようしゆう》の心を意のままに揺《ゆ》さぶるこの形式は、十七世紀フランスで生まれ、イタリアを通じてドイツに伝わり、十八世紀に爆発《ばくはつ》的に流行した。競《きそ》うようにしてだれもがこの図面の上に曲を書き、聴衆《ちようしゆう》を音楽の中に引《ひ》きずり込《こ》むために作品の冒頭《ぼうとう》に配した。

二十一世紀の今も、変わっていないはずだ。

高さと色を持つ音が数学的均整をもって並べられたとき、そこに美とか情動とか、あるいは神様の声までも感じ取ってしまう——不可思議な人間の心のメカニズムは、どれだけの時を経ても変わらないはずだ。

だから、僕《ぼく》らは何百年も前の音楽にこうして何度でも震《ふる》わされる。

タクトの先が序曲の終和音を断《た》ち切《き》った瞬間《しゅんかん》、どこからともなく拍手《はくしゅ》があがり、ホール全体に伝播《でんぱ》していく。

普通《ふつう》のクラシックコンサートならあり得ない。複数楽章からなる曲は終楽章が締《し》めくくられるまで静聴《せいちょう》するのがマナーで、クラシック初心者ばかりが集まったバレンタインデーだからこそ起きてしまった拍手《はくしゅ》で——でもそれがなんだっていうんだ？　今この胸を内側から痛いほど衝《つ》いている熱と動悸《どうき》に比べれば、マナーなんて寝言《ねごと》に等しい。

小森《こもり》先生がちらと客席を振《ふ》り返《かえ》り、苦笑《くしょう》し、両腕《りょううで》を広げて手のひらを下に向け、拍手《はくしゅ》を優《やさ》しくなだめる。次の楽章ばかりは、騒《さわ》がしさの残る中で始めるわけにはいかない。

静寂《せいじゃく》の訪《おとず》れを待った。

暗闇《くらやみ》と虚無《きょむ》の境目を、小森《こもり》先生の左手がゆっくりと一薙《な》ぎする。

葉陰《はかげ》からこぼれ落ちてくる月光のような旋律《せんりつ》だった。いつの間にそこにあったのか、しばらく気づかないほどに繊細《せんさい》で、けれど意識に入《はい》り込《こ》んできて縫《ぬ》い止められ、離《はな》れなくなる。その下で第二ヴァイオリンとヴィオラとが手を取り合い、対旋律《せんりつ》をこだまで返す。

あれ、これ……知ってる……

客席のそこかしこでささやき声が聞こえる。

知っている。たぶんだれもが一度は耳にしたことがある。ヨハン・セバスティアン・バッハが書いた最もセンチメンタルな美しい旋律《せんりつ》。

いや、あるいは大バッハはこの楽章に特別な感情など込《こ》めなかったのかもしれない。日課としてこなした数千の仕事のうちの一つに過ぎなかったのかもしれない。その証拠《しょうこ》に彼《かれ》はこの楽章をただ『独唱曲風《AIR》』とだけ題している。歌曲めいた旋律《せんりつ》を持つ緩徐《かんじょ》楽章、としか意識していなかったのだろう。

音楽を特別にするのはいつだって創り手ではなく聴《き》き手なのだから。

この楽章だけが抜《ぬ》き出《だ》されてロマンティックに編曲され、世界中の音楽家たちの心をつかみ、愛された。もしこの編曲版に『G線上のアリア』という一見いわくありげな題名が与《あた》えられていなかったとしたら、ここまで知られた旋律《せんりつ》にはならなかっただろうと思う。

僕《ぼく》は、一ヶ月前のことを思い出す。楽譜《がくふ》の束を抱《かか》えてバンドメンバー全員で小此木《おこのぎ》さんの店に赴《おもむ》き、演目決めに口出しをしたあの日のこと。

「これを聴《き》きたいんです。今の『けものみち』なら、絶対にこれがいちばんいいんです」

僕《ぼく》はわがままを隠《かく》さず口にした。

「『G線上のアリア』をとっかかりにして、管弦楽《かんげんがく》組曲を聴《き》いてもらおう、と？」

小此木《おこのぎ》さんが楽譜《がくふ》をめくりながら言う。コーヒーの香りと古い紙のにおいが混じり合う。

「そう——いえ、正確に言うとそうじゃなくて。……ええと、あのですね。僕《ぼく》ら今学校でバッハのカンタータを練習してるんです。『主よ、人の望みの喜びよ』のあれです」

「そりゃすごい。高校生で？」

「第一曲と終曲だけの抜粋《ばっすい》ですけど。それで、バッハなんて全然知らない生徒が、有名じゃない第一曲の方が好きだって言ってくれるようになったのがすごくうれしくて。それでこっちの曲も思いついたんです。僕《ぼく》は——」

少し迷ってから、やはり正直に言う。

「『G線上のアリア』って好きじゃないんです」

小此木《おこのぎ》さんはぴくんと片眉《かたまゆ》を動かしただけだった。首席チェロのおじさんはにやにや笑っている。背後で朱音《あかね》が噴《ふ》き出《だ》したのが聞こえた。僕《ぼく》はかまわず続けた。

「ヴァイオリニストが目立つためだけのひどい編曲で、第二ヴァイオリンとヴィオラとバスのからみあいが殺されちゃってて。だから、ちゃんとバッハとして聴《き》いてほしいんです」

コンミスの田端《たばた》さんが「この子いつもこうなの？」と笑いながら小声で訊《たず》ね、「いつもよりおとなしいです」と凛子《りんこ》が答えるのが聞こえる。うるさい。ほっといてくれ。

「それから選曲のいちばんの理由は、編成です」

「編成。うむ」と小此木《おこのぎ》さん。「たしかにバロックならエキストラなしで演《や》れますが」

「はい。でもですね、バロックってやっぱり、オーケストラっぽさが弱いと思うんです」

「そらそうだ」と第一オーボエさんが言う。「オーケストラが確立する前の音楽だし」

「でもせっかくクラシック初心者に『けものみち』を聴《き》きに来てもらうんだからオーケストラっぽさをたっぷり味わってほしいですよね。それで、オーケストラっぽさって一体なんなんだろうって考えたんですけれど」

「それは……大編成で、弦《げん》も木管も金管も派手に響《ひび》く感じのことで……うちじゃあ物足りないのはしょうがない」

小此木《おこのぎ》さんが無念そうにつぶやく。僕《ぼく》はうなずいた。

「それはそうなんですけど、でも、あの、本職のみなさんにこんな話をすると笑われてしまうかもしれないですけど、僕《ぼく》、ずっとPCでひとりで音楽をやってたんです。中学生の頃《ころ》なんてお金がないから高い音源は買えなくて、フリーの音源でなんとかやりくりしてて。とてもリアルな管弦楽《かんげんがく》はつくれないんですけど、どうしてもオーケストラっぽい音を出したくて、あれこれ試《ため》してたときに気づいたんです。ティ、ン、パ、ニ、とトラ、ン、ペ、ッ、ト、が、同時に鳴る、と、ものすごくオーケストラっぽくなるんです」

小此木《おこのぎ》さんは目を丸くした。

カウンター席でトランペッターのおじさんが腰《こし》を浮《う》かせた。

「わかる。わかるよそれ！　あの、一発でホールの空気を全部持ってく感じがね！　オケやってよかったって思う瞬間《しゅんかん》だよね！　最近ティンパニいなくて全然味わえてなかった」

「……なるほど、それでこの選曲だったんですか」

ほうと息をついて小此木《おこのぎ》さんが手元の楽譜《がくふ》に目を落とす。僕《ぼく》はうなずいた。

『管弦楽組曲《かんげんがくくみきょく》』の第三番と第四番は、バッハの曲としては異例なほどティンパニとトランペットが活躍《かつやく》する曲だ。もともと木管と弦楽《げんがく》と通奏低音のために書かれた曲を、より大規模な演奏会のために加筆したという説もある。

ものすごく――オーケストラっぽいのだ。

「真琴《まこと》さんっ！　私のための選曲ってことだったんですね！　がんばります！」

詩月《しづき》が声を弾《はず》ませる。べつに詩月《しづき》のためではないけれど、がんばってもらわなければいけないのはその通りなので異は唱えないでおく。

「第二番もやるんですね？　いいですねえやりましょうやりましょう」

フルート奏者の人がうきうき顔で身を乗り出してくる。

「三番四番は出番なしですからね。かわりに二番でばっちり主役張らしてもらいます」

「バッハはねえ、ヴィオラに愛があるよね」と首席ヴィオラの人もうなずく。「いいじゃないですかノギさん、やりましょうよバッハ」

「若い人にウケるかどうかなんて考えてもしょうがないねえ」

「そうねえ。チケット買って来てくれるってんだからその時点でオケを聴《き》きたいって思ってるってことだし。なら、うちらの全力で演《や》れるのを聴《き》かせるだけでしょう」

小此木《おこのぎ》さんはコンミスの田端《たばた》さんを振《ふ》り返《かえ》った。

老婦人はにこやかにうなずいただけだった。

僕《ぼく》に向き直り、楽譜《がくふ》を閉じてテーブルの真ん中に置き、手のひらをのせた。

「……演《や》りましょう」


アリアが空気に溶《と》け込《こ》んで消え、僕《ぼく》の意識は記憶《きおく》の水底から現実のコンサートホールへと引き上げられる。

明け方の雨みたいな拍手《はくしゅ》が僕《ぼく》を押《お》し包む。激しくて切実で、でもどこか夢の続きのようで。今度は小森《こもり》先生も静まるのを待ったりしなかった。一呼吸置くと、すぐにオーケストラにまた火を入れる。あたたかなガヴォット、めまぐるしいブーレ、決然としたジーグ……色とりどりの舞曲《ぶきょく》のリズムが彼女《かのじょ》のタクトの先から湧《わ》き出《で》てオーケストラ全体に波紋《はもん》となって広がり、より大きく高らかに響《ひび》き合いながらホールをいっぱいに満たしていく。

そうして僕《ぼく》は答えにたどり着く。

あれが、楽器の、王様だ。

議論するまでもない。ピアノだろうがオルガンだろうが敵《かな》うはずもない。小森《こもり》先生がたった一本の細い棒で意のままに操《あやつ》り奏《かな》で響《ひび》かせているあのオーケストラという楽器が、他のすべてを凌駕《りょうが》する王だ。

だからありとあらゆる時代と国の音楽家たちが、最後には必ず囚《とら》われて呑《の》み込《こ》まれる。あの楽器を自在に鳴らしてみたいという欲望に、だれも抗《あらが》えなくなる。

僕《ぼく》だって——そうだ。

なんでこんな客席の片隅《かたすみ》でシートにへばりついて聴《き》いているばかりなんだ。あちら側に今すぐにでも行きたい。あの光の下に立ちたい。指一本で虚空《こくう》から万の音色を引き出す幻想《げんそう》を、形にしてみたい。

もう何度目かわからない拍手《はくしゅ》を、自然に静まるまでじっと聞いていた小森《こもり》先生は、再びオーケストラに向き直る。第二番ロ短調。僕《ぼく》は灼《や》けつくような悔《くや》しさと憧《あこが》れで喉《のど》をふさがれたまま、フルートと弦楽《げんがく》の官能的な協奏におぼれていった。

*

「——くん。村瀬《むらせ》くん！」

冷たいものが頬《ほお》をぴたぴたと叩《たた》き、僕《ぼく》は我に返った。

目の前に凜子《りんこ》の顔がある。冷たさは彼女《かのじょ》の手のひらだった。と、身体《からだ》が急激に寒さを思い出し、僕《ぼく》は身震《みぶる》いしてコートの前を閉じる。

「さっきからずっとこうなんです」と隣《となり》で伽耶《かや》が言う。「演奏が終わってから魂《たましい》が抜《ぬ》けたみたいになってしまって」

「そんだけうちらのプレイがよかったってことかな！」と朱音《あかね》が僕《ぼく》の肩《かた》を叩《たた》く。

「隣《となり》の伽耶《かや》さんのことも忘れるくらい夢中にさせられたのなら狙《ねら》い通りです」

詩月《しづき》も得意げだ。

あらためてまわりを見回す。文化会館の裏手だ。背の高い街路樹が密集していて街灯の光を遮《さえぎ》り、僕《ぼく》を取り囲む少女たちの影《かげ》をおぼろにみせている。

凜子《りんこ》も詩月《しづき》も朱音《あかね》も、制服の上にコートだ。さっきまで黒のドレスを着て楽団員たちの中に完全に溶《と》け込《こ》んでいた姿とは、まるっきり別人だ。

というか――

「……そっか、凜子《りんこ》も朱音《あかね》もいたんだよな……」

つぶやきを凜子《りんこ》が聞きつける。

「どういうこと？」

「いや、バンドメンバーがステージで演《や》ってるんだってこと、全然意識しなかったな、って思って。詩月《しづき》は——やっぱりティンパニで目立つから目が行ったけど、凛子《りんこ》と朱音《あかね》は全然」

「ふうん。褒《ほ》め言葉だよね？」と朱音《あかね》。

「それはそう。わたしなんて通奏低音だし、存在を気づかれないくらいが最適」

通奏低音《バッソ・コンティヌオ》というのはチェロやコントラバスなどの低音楽器とチェンバロやオルガンのような和音を出すのが得意な楽器をひとまとめにした、バロック音楽特有のパートだ。ロックバンドでいえばベース＋リズムギターみたいなもの。曲の輪郭《りんかく》をつくるためにずっと鳴り続けているけれど、前に出てはいけない。特にチェンバロなんてそもそも音符《おんぷ》が楽譜《がくふ》に書かれておらず、その場その場の和声に応じて奏者がアドリブで弾《ひ》くのが通例なので、目立たない裏方にもかかわらずむちゃくちゃ難しい。コードだけを決めて後は各パートに丸投げするロックバンドでのプレイに慣れている凛子《りんこ》だからこなせた仕事だろう。

だから、凛子《りんこ》を意識できなかった、というのは褒《ほ》め言葉なのだ。褒《ほ》め言葉として受け取ってもらえて僕《ぼく》はほっとした。

あのときステージの上には、凛子《りんこ》も詩月《しづき》も朱音《あかね》もいなかった。田端《たばた》さんや小此木《おこのぎ》さんもいなかった。

あったのは、ただひとつオーケストラという巨大《きょだい》な楽器と、それを複雑怪奇《ふくざつかいき》な技術で弾《ひ》きこなす小森《こもり》先生というただ一人の奏者だけ。

楽器の王様。

弾《ひ》く方も弾《ひ》かれる方もほんとうに気持ちいいだろうな、と思う。

「先輩《せんぱい》、隣《となり》でずっとうらやましそうな顔してましたもんね……」

伽耶《かや》がしみじみつぶやく。顔見てわかったのかよ。恥《は》ずかしすぎる。

「いやあ、でも、落ちないようについていくのがやっとだったよね」

朱音《あかね》が照れ笑いする。

「そうですね。また演《や》りたいですけれど――そんなことを言うのはおこがましいくらい、みなさん上手すぎて」

詩月《しづき》は神妙《しんみょう》そうに背後の文化会館の壁面《へきめん》を振《ふ》り返《かえ》る。

「華園《はなぞの》先生は教師やりながらオケにも教えてたわけだし、ほんとにすごい。真似《まね》できない」

凛子《りんこ》が嘆息《たんそく》する。

先生が鍛《きた》えたオーケストラ。先生がいた頃《ころ》の音を聴《き》いてみたかった、と切に思う。いや、戻《もど》ってこられる可能性はゼロではないのだ。叶《かな》わぬ夢みたいに考えるのはよくない。

「そういえばオケのみなさんはどうしたの」と僕《ぼく》は訊《たず》ねた。

「中で飲み会の打ち合わせしてる」と凛子《りんこ》が答えた。「わたしたちは、部外者だし。未成年だし。それに今のうちに済ませておきたい用もあるから、先に出てきた」

「用？」

訊《たず》ねる僕《ぼく》を無視して凛子《りんこ》は伽耶《かや》に目をやった。

「伽耶《かや》。公平を期すために、全員でいっせーのせで出すことにしようと思う。いい？」

なんの話かさっぱりわからなかった。

でもなぜか伽耶《かや》には通じたようだった。気圧《けお》されたような硬《かた》い表情になり、やがて小さくうなずいたのだ。

「じゃあ、いくよ！」

朱音《あかね》がヴァイオリンケースを花壇《かだん》のふちに置き、鞄《かばん》を開いた。詩月《しづき》も凛子《りんこ》も鞄《かばん》に手を入れ、伽耶《かや》もあわててハンドバッグを引っぱり出す。

「いっ、せー、の、せっ！」

差し出された四人それぞれの手にあったのは——

小さな紙袋《かみぶくろ》、リボンでとめられた透明《とうめい》な袋《ふくろ》、包装された小箱……。

「うわあ、しづちゃんピエール・マルコリーニだ！　気合いすごっ」

「やっぱり自分が食べてみていちばん美味《おい》しかったものを、と思って」

「伽耶《かや》のこれは手作りなの」

「えっ、あっ、はい。姉が最近料理番組も持ってて。教えてもらって」

「なるほど。わたしも手作り。ただし兄に作らせた」

「さすが凛子《りんこ》さんですね。それ正直に言ってしまうんですね……」

「企画《きかく》とディレクションはわたしだから。台所でずっと愛情パワーを送り込《おく》《こ》んでいたし」

「あっ、それなら私も！　店員さんがラッピングしてる間ずっと愛情パワー送ってました！」

「比べるとあたしのがいちばん地味だなあ」

「でも朱音《あかね》先輩《せんぱい》これ北海道限定品ですよね。一度も東京出店してなかったような」

「うん。冬休みに北海道行ったときに食べて。おばあちゃんに頼《たの》んで送ってもらったの」

きゃいきゃいと繰《く》り広《ひろ》げられる品評会の輪の外に取り残された僕《ぼく》、呆然《ぼうぜん》と突《つ》っ立《た》っているしかなかった。

どうやら、持ち寄ったチョコの話題らしい。

しかし寒さが耐《た》えがたくなってきたので、おそるおそる訊《き》いてみる。

「あー、ええと、……友チョコ交換会《こうかんかい》？　みたいな？　なにも今ここでやらなくても」

四人分の視線が僕《ぼく》に集まる。あきれ、おかしみ、慈《いつく》しむ目。

「なに言ってるの真琴《まこと》ちゃん」

「真琴《まこと》さんへのチョコですよ、きまってるじゃないですか！」

「あのっ、先輩《せんぱい》っ、たくさんお世話になってるので、ということで」

「ちゃんと全部食べた感想を後日聞かせてもらうから」

四人から差し出されたチョコを、僕《ぼく》は目を白黒させながら受け取った。

「……あー、ええと、あの、……ありがとう。……こういうの全然縁《えん》がなくて」

「村瀬《むらせ》くんは縁《えん》がなかったんじゃなくて縁《えん》に気づかなかっただけ」

唐突《とうとつ》に凛子《りんこ》からの辛辣《しんらつ》な言葉。

「ほんとだよね」と朱音《あかね》はふくらんだ僕《ぼく》の鞄《かばん》に目をやる。

「大丈夫《だいじょうぶ》ですよ真琴《まこと》さん！　これからは私が毎日バレンタインチョコあげますから！」

新手のサイコホラーかよ？　……いやいや、今日ばかりはつっこみはやめておこう。あんな素晴《すば》らしい演奏を聴《き》かせてもらった後で、さらにチョコまでもらえたんだから。

と、足音が近づいてきた。

見ると、文化会館の裏口から何人もの人影《ひとかげ》が出てくる。『けものみち交響楽団《こうきようがくだん》』の面々だ。みんな楽器ケースを担《かつ》いでいるせいでものすごい大所帯に見える。

真っ先に僕《ぼく》らを見つけて駆《か》け寄《よ》ってきたのは、ベージュのファーコートを着た小森《こもり》先生。僕《ぼく》が鞄《かばん》にしまおうとしていたものを見て興味津々《きようみしんしん》で言う。

「お、チョコお渡《わた》し？　いいねえさっそく実践《じつせん》！　わたしもねえ村瀬《むらせ》君にはお世話になってるから、って思ったんだけど、ほら一応先生と生徒だからね」

「そうですよ。絶対だめです」詩月《しづき》が厳しい声で言う。

「性犯罪だから」と凛子《りんこ》も容赦《ようしや》がない。

巨大《きよだい》なコントラバスのケースを背負った小此木《おこのぎ》さんが歩み寄ってきた。細身のご老体なので楽器ケースの方がはるかに大きい。

「いやあ、みなさん今日はほんとうにほんとうにありがとうございました」

凜子《りんこ》、朱音《あかね》、詩月《しづき》と順番に握手《あくしゅ》する小此木《おこのぎ》さん。顔は笑《え》みでしわくちゃになっている。

「これからうちの店でみんなで飲むんですが。小森《こもり》先生もご一緒《いっしょ》してくださると。みなさんは、ええと、高校生ですし……」

「はい。もう遅《おそ》いですし、失礼させていただきます」と凜子《りんこ》は慇懃《いんぎん》に言った。

「すっごく楽しかったです！」と朱音《あかね》。「足引っぱってすみませんでした！」

「私も、みなさんのサポートでなんとか」と詩月《しづき》。

三人とも、言おうか言うまいか迷っていたのだろう。

次も参加したい、と。

小此木《おこのぎ》さんも察したのかもしれない。目を伏《ふ》せ、それから背後の文化会館の黒々とした威容《いよう》を振《ふ》り仰《あお》いでつぶやいた。

「ほんとうに感謝してます。みなさんにも。小森《こもり》先生にも。それから良《い》い縁《えん》を持ってきてくださった華園《はなぞの》先生にも。……おかげで、最後に最高のコンサートができました」

寒さが深まった。

夜風が耳に嚙《か》みついてきてきりりと痛んだ。

「……最後って」

しばらくの沈黙《ちんもく》の後、口を開いたのは朱音《あかね》だった。

彼女自身《かのじょじしん》も、自分の声だということに驚《おどろ》いているみたいに見えた。

「どういうことですか」

「やっぱりね、厳しいのですよ。この先続けるのは」と小此木《おこのぎ》さん。

いつの間にかそばに集まってきていた他の楽団員たちも、やるせなさそうな表情を浮《う》かべている。

「区の認定《にんてい》とか、華園《はなぞの》先生に教えてもらったりとか、そういう色んな幸運でなんとかここまでやってきましたけれども。バロックですら臨時でお願いしないと人数が足りないというのは、やはりオケとしてはもう立ちゆかないですよ」

小森《こもり》先生も、おそらく事前にそれとなく聞かされていたのだろう。唇《くちびる》を噛《か》んでうつむいているばかりだった。小此木《おこのぎ》さんは無理な作り笑いで言う。

「華園《はなぞの》先生には──申し訳ないですが。解散しようかと思います」

Paradise NoiSe

Makoto Murase

5　マエストロの条件

［朱音《あかね》ちゃんはちょっとノレてないね
指揮じゃなくてコンミスの弓に合わせちゃってる］
［凛子《りんこ》ちゃんはなかなか
でもバロックっていうかバＲＯＣＫって感じ］
［詩月《しづき》ちゃんは要猛《もう》練習
なまじリズムが正確なだけにトゲが目立つ］
［でも全体的にはとてもよかった！］

バレンタインコンサートの録画を華園《はなぞの》先生にシェアすると、すぐにそんな返信がきた。

［あとノギさんに全然甘《あま》いって伝えといて
せっかく若い客集めたのにこんなんじゃ来年のリピーターになってくれないよ］

けらけら笑い転げるウサギのスタンプも送られてくる。

来年、と僕《ぼく》は思う。

真っ暗な自室を見回す。『けものみち交響楽団《こうきょうがくだん》』の奏《かな》でるバッハの余韻《よいん》が、まだ僕《ぼく》の身体《からだ》にからみついているように感じられる。ほんの数時間前のことなのだ。

解散を告げられたのも、ほんの数時間前。

ＬＩＮＥのルームを表示しているスマホの画面をじっと見下ろし、迷う。先生に伝えるべきだろうか。楽団の人たちから言うだろうからそれを待つべき？　でも、今後もあると信じている先生に、解散のことを伏《ふ》せたままやりとりするなんて無理だ。

今日のコンサートを最後に解散するそうです、とメッセージを打った。人数が足りなくて、もう続けていけない、と。

［それは残念］

［あたしもいきなり抜《ぬ》けちゃったから申し訳ない］

ちがうんです、先生のせいじゃないんです、と打とうとした指が固まる。

先生の入院が、一因ではあるのだ。

だからといって、自分を責めてほしくない。どうしようもないことだったのだし。

人数が理由だなんて書かなければよかった。僕《ぼく》は自分の浅慮《せんりょ》を激しく責めた。

スマホを枕元《まくらもと》に置くと、ベッドに寝転《ねころ》がって目を閉じた。暗闇《くらやみ》の中でマレットがティンパニの皮の上を転がり、弾《はず》み、フルートが天井《てんじょう》の照明を受けてきらめき、ヴァイオリンとヴィオラの弓が舟《ふね》の櫂《かい》のように暗い水をさかさまに掻《か》いている。

かつてあの場所に、華園《はなぞの》先生もいたのだ。

小此木《おこのぎ》さんの隣《となり》で、自分よりも背の高い楽器に身を預け、細い身体《からだ》をねじって指板をのぞきこみ、風鳴りのような低音を響《ひび》かせてオーケストラを支えていた。

先生がいた頃《ころ》はどんな音を奏《かな》でていたのだろう。

もう、聴《き》けない。

たとえ先生が元気になって退院したとしても、戻《もど》ってくる場所はなくなっている。

寝返《ねがえ》りを打った。毛布が身体《からだ》から滑《すべ》り落《お》ち、寒さが押《お》し寄《よ》せてきたので、あわてて床《ゆか》から拾い上げて肩《かた》に巻き付ける。

なんとかならないだろうか。

あれだけのコンサートができる楽団なのだ。技術も音楽への愛情もある。ただ環境《かんきょう》がなくなってしまっただけじゃないか。

いや――

環境《かんきょう》がいちばん大事で、得がたいものなんだな、と思い直す。

僕《ぼく》は恵《めぐ》まれすぎていて、ずっと幸運ばかり続いていていて、忘れそうになる。好きな音楽を好きなだけやっていられる時間なんて、シャボン玉くらい儚《はかな》くて脆《もろ》いものだ。楽団員だってみんなそれぞれの仕事と生活がある。いくらお年寄りが多いといっても定年後で悠々自適《ゆうゆうじてき》、なんて人ばかりではないだろう。音楽を愛する心と手になじんだ演奏技術だけではどうにもならないこともある。

僕《ぼく》を包むやさしくて心地《ここち》よいばかりの環境《かんきょう》のことを考えながら、眠《ねむ》りに落ちた。

＊

「チョコの味、どうだった？」

翌日の放課後、音楽室に向かう途中《とちゅう》の階段で顔を合わせるなり凛子《りんこ》はそう訊《き》いてきた。

「……あー、ごめん。……まだ食べてない。日持ちするよね？」

「そう。兄ができばえを気にしていたから。……食べたら聞かせて」

もっと厳しく責められるものかと思っていたので僕《ぼく》は拍子抜《ひょうしぬ》けする。

「あんな話を聞いた後だからチョコどころじゃないのもしかたない」

凛子《りんこ》は言って早足で階段をのぼっていく。

音楽室に先に来ていた詩月《しづき》も、遠慮《えんりょ》がちに言ってくる。

「……真琴《まこと》さん、あの、……だれのチョコがいちばん良かったのかは、一ヶ月後に現物で示してくだされればそれでいいですから……」

遠慮《えんりよ》がちだが二重にプレッシャーをかけてきた。かんべんしてくれ。

音楽室で三人、言葉少なに昼食を摂《と》っていると、朱音《あかね》が駆《か》け込《こ》んでくる。

「ここいらの会場とか練習場とか調べてみたんだけど！」

スマホをこっちに突《つ》きつけてくる。

「やっぱりあの文化会館くらいのは全然ないね。あそこ普通《ふつう》に使おうとすると倍率もすごいんだけど料金もすんごいの。区営だからそれでも安めな方らしいんだけどやっぱりアマチュアには厳しいよね。あ、そうだ真琴《まこと》ちゃん、今年のチョコはあたし負けでいいから！　さすがに準備不足だった。来年はぜったいに手作りするから、チョコでギター作っちゃうから。そしたらジミヘンみたいに歯で弾《ひ》いてついでにそのまま食べられるし」

「え？　あ、う、うん……？」

「私たちが調べてすぐ出てくるような内容は、楽団の人たちも調べているでしょうね。もっとなにか別方面からアプローチがないでしょうか。あと真琴《まこと》さん、来年は私も手作りにします。ティンパニ型のチョコにしますね。祖父の話によると現代音楽のティンパニ協奏曲で最後に奏者が顔からティンパニに突《つ》っ込《こ》むという曲があるとか。チョコでつくっておけばそのまま食べられますよね」

「あ、うん、聞いたことあるような、ええと？　あの、オーケストラの話なのかチョコの話なのか混乱してきて」

詩月《しづき》は朱音《あかね》と顔を見合わせた。

「失敗だったみたいです」

「気の遣《つか》い方を間違《まちが》えたね」

「解散の話を聞いて落《お》ち込《こ》んでいるはずだからスウィートな話を混ぜて和《なご》ませようかと」

「ついでに来年へのプレッシャーもかけられて一石三鳥かと思ったのにね」

わけわからんからやめてくれないか……。チョコはちゃんと食べるから。

「落《お》ち込《こ》んでるわけじゃないけど。そう見えた？」

「はい。落《お》ち込《こ》んでいるというか、恨《うら》めしそうというか」

「う、うらめし？」

「俺《おれ》だけオケと共演できなかった、おまえらはいいよな、みたいな目してるよ真琴《まこと》ちゃん」

「え、い、いやっ、あのっ、そ、そうっかなっ？」

図星だったので喋《しゃべ》り方が変になる。

「昨日、帰りの電車を待っているときなんて、真琴《まこと》さんの目が怖《こわ》すぎてどう声をかけていいのかわかりませんでした。それで今日はスウィートな感じでいこうかと思ったんです」

詩月《しづき》が上目遣《うわめづか》いで言う。僕《ぼく》は机につっぷした。

「……なんかごめん……」

そこまで顔に欲望丸出しだったとは。恥《は》ずかしくて死にそう。

「いいんですよ真琴《まこと》さん！　恨《うら》みは私が全部受け止めますから！」、

「さすがにちょっと申し訳ないというか気持ち悪いというか」

「あっ、そ、そうですよね。真琴《まこと》さんが私に気持ちを向けてくださるだけでうれしくて」

「僕《ぼく》がいつも詩月《しづき》を無視してるみたいな言い方やめてっ？　ちゃんと詩月《しづき》のこと考えてるから、そんなので喜ばなくていいから！」

「いつも！　いつも考えてくれているんですか！　幸せすぎて過呼吸になってきました、キスしてもらわないと命の危険が」

「ビニル袋《ぶくろ》で口覆《おお》って吐《は》いた息をそのまま吸うのがいちばん効くらしいけど」

「なんですかその風情《ふぜい》も色気もない止め方は！　過呼吸やめます！」

自力でやめられるんならただハアハアしてるだけだろ。

そこで朱音《あかね》がふと気づいて言う。

「凛《りん》ちゃんどうしたの。さっきからずっとぼんやりして。真琴《まこと》ちゃんとしづちゃんがこんな面《おも》白《しろ》いことやってるのに、割《わ》り込《こ》みもしないなんて」

言われてみれば、さっきから凛子《りんこ》がなんだか心ここにあらずだ。

問われた凛子《りんこ》は不審《ふしん》の目を気にもせずにぼそりと言った。

「オーケストラのことなのだけれど。区の認定《にんてい》をまたもらえれば、色々と解決するのではないかと思う」

僕《ぼく》ら三人は顔を見合わせ、また凛子《りんこ》に目を戻《もど》す。

「そりゃあ、まあ、それがいちばんだろうけど」

「でもお役所の決定ですし、どうしようもないのでは」

「お役所じゃない。外郭《がいかく》団体。公益財団法人、未来文化創成財団」

かくかくした団体名を凛子《りんこ》はこともなく諳《そら》んじた。それからスマホを取り出し、その未来なんとか財団のサイトを表示させる。

トップにはこんなお題目が書かれている。

公益財団法人・未来文化創成財団は、多様な人々が協力し合い理解し合い尊重し合う文化都市の実現のため、創造性のある文化・芸術活動の伸展《しんてん》を図《はか》りつつ、コミュニティの醸成《じょうせい》とまちづくり活動の促進《そくしん》に関する事業を推進し——

凛子《りんこ》は役員名簿《めいぼ》をタップした。

理事長は区長。そのすぐ下に理事の名前がずらりと並んでいる。

常務理事の名前は『冴島《さえじま》　俊臣《としおみ》』だった。

冴島《さえじま》？

僕《ぼく》は凛子《りんこ》の顔をのぞき込《こ》んだ。

「わたしの父」と凛子《りんこ》は嫌《いや》そうに言った。どうりでいつぞや妙《みょう》に詳《くわ》しかったわけだ。

「区役所の人だったの？」と朱音《あかね》。凛子《りんこ》は首を振《ふ》った。

「外部役員。本業は——よくわからないけれど、コンサル？　結婚《けっこん》前はずっとヨーロッパを回ってたとか。コンサートのプロモーターをしたこともあるらしくて、クラシックに詳《くわ》しい」

クラシック一家だったのか。娘《むすめ》をピアニストにしようとするくらいだから両親とも造詣《ぞうけい》が深いのも当然か。

「つまり凛子《りんこ》さんのお父様なら『けものみち』の認定《にんてい》をまた出せるということですか」

「かもしれない」

常務理事というのがどれくらい権力を持っているのかはわからないけれど、理事長のすぐ下に名前が書いてあるということはナンバー2？　可能性はじゅうぶんある。

「でも、理事ひとりの一存で決められるわけでもないでしょうし。それに理由もなしに再認定《さいにんてい》というのはさすがに愛する娘《むすめ》の頼《たの》みでも無理なのでは……」

詩月《しづき》が心配そうに言った。凛子《りんこ》はなんでもなさそうに小首をかしげて答える。

「そうかもしれない。でもわたしも一応は大義名分を考えた」

大義名分、という言い方からは屁理屈《へりくつ》の気配しかしなくて僕《ぼく》は不安になる。

「わたしは音大の作曲科を受験しようと思っている。となると高校時点で自分の参加できるハイレベルなオーケストラがあることは大きなアドバンテージになる」

「それ、『けものみち』がなくなっても他でやればいいって話にならない？」と朱音《あかね》。

「『けものみち』ほどレベルの高いアマオケはそうそうない」

「それもそうか。ていうかその大義名分どこまでほんとなの？」

「全部」

「え、作曲科ってのも？　ピアノ科じゃないんだ？」

「そこも含《ふく》めて全部ほんとう」

そうなのか。まあ、コンサートピアニストにはもう興味がない、と言っていたから、ピアノ科は選択肢《せんたくし》に入らないのだろうけど。

それより大切なのは、『けものみち交響楽団《こうきょうがくだん》』がハイレベルだという点だ。大義名分とやらの他の部分がどれだけうさんくさくとも、そこだけは曇《くも》りのない事実だ。

あれほどの楽団を、ちょっと人数が減ったくらいで認定《にんてい》から外してしまうなんてもったいない。文化的損失だ。

……というのを理解してもらえれば再認定《さいにんてい》の目もあるかもしれない。

が、それはそれとして。

「あの、凛子《りんこ》ってお父さんと仲いいの？　そういう頼《たの》みごと聞いてもらえる感じ？」

凛子《りんこ》は肩《かた》をすくめた。

「仲はむしろ悪い。母と同じくバンドなんて認めない人だし」

「ああ……うん、それは、ええと、頼《たの》むにしても頼《たの》み方を考えないと」

「昨日の夜にメールした。仕事で泊《と》まりがけだったから直接は話せなくて」

「行動早くないっ？」

「そしたらさっき返信があって、進路のことも含《ふく》めて先生とわたしと話したいから放課後に学校来るって」

「親娘《おやこ》そろって行動早すぎないッ？」

そのとき音楽室のドアが乱暴に開いた。小森《こもり》先生が血相を変えて飛《と》び込《こ》んでくる。

「あっ冴島《さえじま》さんっ？　ここにいたんだ、あの、あのねっ、今お父様が来てて、なんか進路のことで担当教員と面談したいとかって、あのっ、担当ってわたしのことだよねっ？」


突然《とつぜん》のことだったので僕《ぼく》と詩月《しづき》と朱音《あかね》は音楽準備室に追いやられた。面談のために音楽室を使うことになったのだ。一年四組のクラス担任が、スーツ姿の男性を伴《ともな》って音楽室に入ってくるのがちらと見えたところで、小森《こもり》先生が僕《ぼく》らを準備室に押《お》し込《こ》んでドアを閉めた。

「なんで音楽室でやるの」

朱音《あかね》が小声で言う。

「急に来たから応接室が使えなかった、とかでしょうか」

「どこか教室でやればいいのに」

「音大志望だと資料がこっちにあるから？」

まあ、なんにせよ——面談の内容がちょっと聞こえてしまうのは僕《ぼく》らのせいではない。べつに立ち聞きしているわけでもない。ドアにへばりついているわけでもない。声が漏《も》れてくるだけだ。廊下《ろうか》側の出入り口のドアは防音加工の施《ほどこ》された分厚い金属扉《とびら》だけれど、音楽室と準備室を隔《へだ》てているドアは普通《ふつう》のやつなのだ。

しかたない、しかたない。

僕《ぼく》ら三人は息をひそめて耳をそばだてた。

いちばんよく聞こえるのは高くて幼い小森《こもり》先生の声だ。はい、以前からそれとなく聞かされていました。冴島《さえじま》さんなら絶対に大丈夫《だいじょうぶ》だと思います。全力でサポートしますので……。

クラス担任は五十代くらいの目立たない女性で、声もほとんど聞き取れない。もとより音大受験に関してはなにも言えることはないだろうけれど、気の弱い小森《こもり》先生としてはいてもらえるだけでありがたいはずだった。

凛子《りんこ》も、受け答えをしている気配はあるのだが、言葉数が少なくて低体温な喋《しゃべ》り方のせいでドアに遮《さえぎ》られているとほとんど聴《き》き取《と》れない。

凛子《りんこ》の父親、冴島俊臣《さえじまとしおみ》氏はよく通るバリトンの美声だった。はい、存じております。娘《むすめ》からは昨日聞かされたばかりです。はい。はい。そこには妻も私も異存ありませんが。

聞いていて背筋がむずむずするくらい折り目正しい言葉遣《ことばづか》いだった。

最初は事務的で平坦《へいたん》だった面談も、やがて語調に熱がこもり始める。

「凛子《りんこ》のコンクール成績を考えてください。すでにピアニストのためにこれだけ積み上げてきているんです。作曲編曲を学びたいならピアノ科でも、ある程度は必修科目で嗜《たしな》むことができるはずでしょう。小森《こもり》先生からも言ってやってください」

いえ、それは、でも、本人の意思が……という小森《こもり》先生のか細い声。

そこで凛子《りんこ》がなにか言った。オーケストラ、という単語だけかろうじて聴《き》き取《と》れた。すぐに父親が言い返す声がする。

「アマチュアで人数も足りないようなオーケストラより、音大で本式のオーケストラにいくらでも触《ふ》れられるだろう。あんなわけのわからないコンチェルトではなく本物を演《や》る機会だってたくさんある」

朱音《あかね》も詩月《しづき》も僕《ぼく》の顔を見た。

わけのわからないコンチェルト。ＰＮＯで演《や》った、プロコフィエフの第二番のことか。父親にも聴《き》かれていたのか。

区の文化事業団体にも有識者として呼ばれるくらいのお堅《かた》いクラシック愛好者には、わけがわからないかもしれないな。この席で話題に出してきたということは、やっぱりあのライヴの件は根に持たれていたのか。

次に凛子《りんこ》がなにか言った。すぐに父親が「やめなさい凛子《りんこ》」と声を荒《あら》らげたところからして、たぶん辛辣《しんらつ》な一言を突《つ》き刺《さ》したのだろう。僕《ぼく》らのプロコフィエフを馬鹿にされて怒《おこ》ったのかもしれない。

しかし、音大進学の話のついでに『けものみち交響楽団《こうきょうがくだん》』の再認定《さいにんてい》をねじ込《こ》む、なんて言っていたけど、全然そんな雰囲気《ふんいき》じゃないぞ？　やっぱり無理筋だったたか。

さらに冴島俊臣《さえじまとしおみ》氏の詰問《きつもん》が続く。

「だいたいなぜこの大学一本に絞《しぼ》っているんだ。都内に同レベルの音大はいくつかある。まだ高一だぞ。他の選択肢《せんたくし》を切り捨てる段階じゃない」

このときの凛子《りんこ》の答えだけは、はっきりと聞こえた。

「ここの作曲科。もう決めているの。憧《あこが》れの先生が通っていたところだから」

僕《ぼく》はドアをじっと見つめた。

小森《こもり》先生の母校を受けるつもりだ、と凛子《りんこ》は言っていた。そして小森《こもり》先生は華園《はなぞの》先生の後輩《こうはい》だから……。

それで、作曲科なのか。

その先の会話は、小森《こもり》先生もクラス担任もはっきりしない語調で言い合い始めたため、ほとんど内容を把握《はあく》できなかった。ただ、教師と父親に挟《はさ》まれた凛子《りんこ》の表情だけは、なぜだかはっきりと思《おも》い浮《う》かべられた。

屈《くつ》さず、傷つかず、ただ呑《の》み込《こ》む水銀のような無表情。

凜子《りんこ》はもう決めているのだ。進む道を強く、心に決めている。


しばらくして椅子《いす》を引く音がした。冴島俊臣《さえじまとしおみ》氏の、では、失礼します、という声が聞こえた。音楽室を出ていく気配。それから戻《もど》ってくる静けさ。

僕《ぼく》は朱音《あかね》と詩月《しづき》の顔をそっとうかがう。二人とも、どうしていいかわからない戸惑《とまど》いを目にためて縮こまっている。

音を立てないようにそっと椅子《いす》から立ち、ドアに近づいた。

細く開いて音楽室の様子をうかがう。だれもいない。四人とも出ていってしまったようだ。

「凜《りん》ちゃんもいっしょに？　見送りかな」

朱音《あかね》も準備室から出てきて、窓の方を見やる。

と、三人のスマホが同時に震《ふる》えた。

バンドのＬＩＮＥグループに凜子《りんこ》からのメッセージが入っている。

［今日は父と帰る　説得を試みる］

武運を祈《いの》っていてくれ、とでも続きそうな骨っぽい文章だった。

僕《ぼく》は音楽室を飛び出し、階段を駆《か》け下りた。

冴島親娘《さえじまおやこ》には駐車場《ちゅうしゃ》のところで追いついた。白いレクサスに乗《の》り込《こ》もうとしているところだった。先に凛子《りんこ》の方が僕《ぼく》に気づき、後部座席のドアにかけていた手を引《ひ》っ込《こ》めた。

「村瀬《むらせ》くん？」

父親も振《ふ》り向《む》いた。

顔の輪郭《りんかく》も鼻筋も眉《まゆ》もきちんと定規を使って線を引いたかのような、不気味なまでに均整のとれた顔の男性だった。目が合い、胃の底がひゅうっと冷えて縮こまるのを感じた。形の良い眉根《まゆね》が寄って盛り上がるのを見ただけで、逃《に》げ出《だ》したくなる。

「……なにか？」

訊《き》かれても、喉《のど》がごろりと痛むだけで、なにも言葉は出てこなかった。もとより、どうするか考えて出てきたわけではないのだ。ブレザーも脱《ぬ》いで音楽準備室に置いてきたままだったので、身体《からだ》が急激に寒さを思い出して縮み上がった。

「ああ、いえ、あの」

言いよどんでいると凛子《りんこ》も険しい視線を向けてくる。なにをしにきたの？　と言いたげな目だ。ほんとになにをしにきたんだろう？

「……村瀬真琴《むらせまこと》といいます。凛子《りんこ》——さんと、いっしょにバンドをやってます」

冴島俊臣《さえじまとしおみ》の眉根《まゆね》のしわがゆるんだ。僕《ぼく》の全身をさっと一瞥《いちべつ》してうなずく。

「ああ、あなたが。はじめまして。凛子《りんこ》の父です」

一呼吸置いて続ける。

「凜子《りんこ》や家内がお世話になっています」

家内が、という一言が付け加えられたことに僕《ぼく》はぞっと震《ふる》えた。凜子《りんこ》の母親と僕《ぼく》がなごやかな関係ではないことは当然知っているはずだ。おまえのことは把握《はあく》しているぞ、と念を押《お》されたのだ。

「なにかご用ですか。凜子《りんこ》にこれから話があるんです。そのために午後休をとったので」

僕《ぼく》のようなはるか歳下《としした》を相手にしても慇懃《いんぎん》な言葉遣《ことばづか》いを貫《つらぬ》いているところが、堅牢《けんろう》な壁《かべ》を感じさせた。僕《ぼく》は唇《くちびる》を湿《しめ》らせて慎重《しんちょう》に言葉を探した。

「凜子《りんこ》さんが……すでに何曲も作曲していることはご存じですか？」

冴島俊臣《さえじまとしおみ》はわずかに首をかしげた。

「……いや。それが？」

「僕《ぼく》らは聴《き》かせてもらっています。力作でした。でもバンド向きのアレンジができなかった。作曲科で得るものはたくさんあると思います」

「それを私に言ってどうしようというのですか」

思ってもみなかった訊《き》き返しだった。僕《ぼく》はしばらく言葉に詰《つ》まった。

「……ええと。ですから、作曲科っていう選択《せんたく》にも、積み上げとか、将来とか、そういうのがあるってことを……知ってほしいと思って……」

「その件は私に無関係というよりもむしろ有害です」

「……え？」

聞き間違《まちが》いかと思って僕《ぼく》は冴島俊臣《さえじまとしおみ》の口元を凝視《ぎょうし》した。

「ロックバンドのために作曲を勉強したいという話でしょう。例の、アマオケをどうこうというのもロックバンドのためだ。私は凛子《りんこ》にロックをやめてもらうつもりなので」

唾《つば》を飲《の》み込《こ》む。呼気といっしょに胸の中の疑問がそのまま出てくる。

「ロックのなにが悪いんですか？」

「趣味《しゅみ》が悪い」

冴島俊臣《さえじまとしおみ》の答えに僕《ぼく》は唖然《あぜん》として凍《こお》りつく他なかった。

「他人の趣味《しゅみ》に口を出すな、は、なるほど最低限の礼節でしょう。でも凛子《りんこ》は他人ではない。私は自分の身の回りの人間には良《い》い趣味《しゅみ》でいてほしいのです」

冬の風が僕《ぼく》の身体《からだ》の真ん中を通《とお》り抜《ぬ》けていった。

しばし、怒《いか》りすら覚えなかった。こういう人間もいるのか、という驚《おどろ》きだけがあった。

でも、いたたまれなさそうに顔をそむけている凛子《りんこ》に気づき、臓腑《ぞうふ》の底ににじわりとにじむ熱を感じる。

僕《ぼく》が黙《だま》り込《こ》んでしまったので、冴島俊臣《さえじまとしおみ》は小さく頭を下げ、運転席の方へ回ろうと踵《きびす》を返《かえ》しかけた。まずい。なにか。なにか言わなくては。

一言も出てこなかった。

凛子《りんこ》がひどくさびしそうな目を最後にちらと向け、後部座席に乗《の》り込《こ》んだ。父親の姿も車の向こう側に隠《かく》れ、ドアの開閉音が響《ひび》く。

僕《ぼく》は見えない手に押《お》されたようにふらりと後ずさった。

レクサスのエンジン音は老人の咳《せき》みたいに乾《かわ》いていて静かだった。車が校門を出ていってしまった後も、僕《ぼく》は駐車場《ちゆうしやじよう》の端《はし》にしばらく立《た》ち尽《つ》くして震《ふる》えていた。

ふと、なにかが肩《かた》にかけられて寒さがやわらぐ。

振《ふ》り向《む》くと詩月《しづき》の姿があった。ブレザーを持ってきてくれたのだ。

「風邪《かぜ》引《ひ》きますよ」

穏《おだ》やかな表情で言って、校門の方を見やる。

朱音《あかね》もそのすぐ隣《となり》にいた。同じように、凛子《りんこ》が連れ去られた先を見つめている。

「……真琴《まこと》ちゃんよく我慢《がまん》したよ。キレるんじゃないかと思った」

作り笑いで言う。

僕《ぼく》は足下《あしもと》に目を落とした。

キレることさえできなかった、が正しい。

結果的には僕《ぼく》の腰《こし》の引け方が最悪の結果を回避《かいひ》したことになる。あの父親に対して怒《いか》りをぶつけたってしょうがない。『けものみち』への再認定《さいにんてい》を出していただかなければいけない立場なのだ。正しい。おとなしく言われっぱなしになっていたのは正しい。正しいんだ。自分にそう言い聞かせると、ぞくっとする不快感が胃の底から返ってくる。

正しいからどうしたっていうんだ？　僕《ぼく》はやられっぱなしだったんだぞ。しかも凛子《りんこ》の見ている前で。

音楽準備室に戻《もど》ると、ちょうど小森《こもり》先生も戻《もど》ってきたばかりのところだった。

「村瀬《むらせ》君！　大丈夫《だいじょうぶ》？　なんか駐車場《ちゅうしゃじょう》で冴島《さえじま》パパさんに嚙《か》みついてたよね？　あせっちゃだめだよ、まとまる縁談《えんだん》もまとまらないよ！」

「いや嚙《か》みついてないですよ、ちょっと話しておきたいと思っただけで」縁談《えんだん》ってなに？

「私たちも焦《あせ》りました。殴《なぐ》り合いでもするんじゃないかって」

詩月《しづき》が苦笑《くしょう》して、熱い紅茶を淹《い》れてくれる。マグカップを持った指先からちりちりと現実感が身体《からだ》に染《し》みこんでくる。いったい僕《ぼく》はなにをやっていたんだろう、という寒々しい反省の念が襲《おそ》ってきて、背中を丸めてうつむいてしまう。

「いやあ、ああいう親御《おやご》さんほんとにいるんだねえ。華園先輩《はなぞのせんぱい》にそれとなく聞いてはいたんだけどね。冴島《さえじま》さんはご家庭がめんどくさそうって。でも想定以上だった」

底抜《そこぬ》けにポジティヴな小森《こもり》先生は、困っているときでもなんだか楽しげだ。

「あのお父さんがナントカ財団法人の理事ってほんとなの？　いきなりそんな話されてびっくりしちゃった。でも可愛《かわい》い娘《むすめ》の言うことならなんでも聞いちゃう！　みたいなノリのお父さんじゃなさそうだし、あれ逆効果だよねえ。進学の話も『けものみち』の件も」

結果を見ると、その通りだった。両件をべつべつに頼《たの》んだ方がまだしも目はあったかもしれない。

「『けものみち』、わたしもなんとか続けてほしいんだけど……」

小森《こもり》先生はそうつぶやいて椅子《いす》に腰《こし》を下ろし、自分のマグカップを引き寄せる。

「先生は、……ご存じだったんですか。解散のこと」

詩月《しづき》が遠慮《えんりょ》がちに訊《たず》ねる。

「うん。こないだの指揮を頼《たの》まれたときにね。たぶんこれが最後になるって。それで絶対成功させなきゃって、みんなにも手伝ってもらって……。ううん、これじゃ華園先輩《はなぞのせんぱい》に合わせる顔がないね。いない間よろしくって言われたのに、潰《つぶ》しちゃうなんて」

「先生のせいじゃ――」

「そうなんだけどね。でも、どうしても考えちゃう」

先生は湯気を立てるマグカップに口をつけ、飲まずにテーブルに戻《もど》す。

「わたしがもっともっとすごい指揮者だったら。コンサート終わって嵐《あらし》みたいな拍手《はくしゅ》が来てお客さんが泣きながら楽屋に押《お》しかけてきて来月もやってください！　聴《き》きにきます！　とかいってその中にお金持ちがいてこの楽団をスポンサードさせてください！　金の心配なんて一切《いっさい》しなくていいから！　……なんて。あはは。妄想《もうそう》でした」

冗談《じょうだん》めかして言う小森《こもり》先生の目は、けれどさみしげに曇《くも》っていて、僕《ぼく》らは笑えない。

「先輩《せんぱい》ならね、こういうときなんとかしちゃうのかもしれないけど。人を動かすの上手《うま》かったから。わたしは棒振《ふ》ることしかできないからなあ」

華園《はなぞの》先生なら、どうしただろうか。

ひらひら笑って気にしていないようなそぶりで、あれこれ手を回して、最後にはなんとかしてくれていただろうか。

いや、今はいない人なんだ。むしろ僕《ぼく》らがなにかしなきゃいけない。先生が戻《もど》ってきたときのために。

ふと、ドアの外に人の気配があった。

「先生！　小森《こもり》先生、いますかー」

声がしてドアがぶっきらぼうに叩《たた》かれる。先生が立ち上がってドアを開いた。

二年生の男子生徒二人だった。どちらも見憶《おぼ》えがある。カンタータの参加者だ。二人がかりで大きな段ボール箱を抱《かか》えている。

「これ、届け物。先生宛《あて》で来てたんで持ってきました」

どん、と箱が床《ゆか》に置かれる。

「ああっ！　ごめんね、わたしが運ばなくちゃいけないのに」

「いいって。先生の腕《うで》じゃ運べないだろ」

「下敷《したじ》きになって潰《つぶ》れちゃうぞ」

「失敬な！　これくらい持てます！」

「持ってみ」

「ほら——お、お、重っ？」

床《ゆか》から一ミリも持ち上がらない様子を見て男子生徒たちはけらけら笑う。華園《はなぞの》先生とは別方向で生徒たちから親しまれている小森《こもり》先生である。

「バンドのミーティング中だった？　お邪魔《じゃま》しました」

「んじゃ村瀬《むらせ》、明日も練習よろしく」

二人は手を振《ふ》って立ち去った。

小森《こもり》先生はカッターナイフでガムテープを切り、箱を開いた。中には紙束がぎっしりと詰《つ》まっている。これはそうとう重たいだろう。

「これ……ぜんぶ楽譜《がくふ》ですか」

箱の中をのぞき込《こ》んだ詩月《しづき》が訊《たず》ねる。小森《こもり》先生は何部か取り出してぱらぱらとめくり、うなずく。

「うん。小此木《おこのぎ》さんに頼《たの》んで送ってもらったの。『けものみち』でこれまでに演《や》ってきた曲、

全部。なにか考えつくんじゃないかなって思って。次のコンサートの演目とか。……ってい
ても、そもそも次がないんだけど」

全部。

オーケストラの歴史が、ここに全部詰《つ》まっているのか。

「あたしも見てもいいですか」

朱音《あかね》がそう言って箱のそばにかがみ込《こ》む。先生はうなずいた。

「……こんなに色々やってたんだ。シベリウス、マーラー、リヒャルト・シュトラウス、こんな大編成演《や》れてた時期あったんだねえ。コンチェルトもけっこう演《や》ってるし。……日本のもある。伊福部昭《いふくべあきら》、池辺晋一郎《いけべしんいちろう》。……全然知らないのもあるなあ。現代音楽かな？」

僕《ぼく》も朱音《あかね》から回してもらって楽譜《がくふ》を見てみた。ほんとうに幅広《はばひろ》い。普通《ふつう》アマオケって同好の士《し》が集まって特定の狭《せま》い分野の曲ばかりをやることが多いと思うのだけれど、『けものみち』のレパートリーからは、とにかく面白《おもしろ》いものには食いついて嚙《か》み砕《くだ》いて吞《の》み込《こ》んでやろうという気高い貪欲《どんよく》さが感じられた。

手書きの楽譜《がくふ》をコピーしたものもたくさん出てくる。特徴《とくちょう》のあるト音記号の尻尾《しっぽ》の巻き方や八分音符《はちぶおんぷ》の旗のなびき方は、見憶《おぼ》えがある。華園《はなぞの》先生の筆だ。『けものみち』の編成に合わせて編曲したものらしい。ところどころ細かく演奏指示も入っている。ボウイング、アクセント、緩急《かんきゅう》。特定の団員に向けた詳細《しょうさい》な注意書きまである。

『小此木《おこのぎ》さんチェロより少し早めに入る』

『田端《たばた》さんだけ光差《さ》し込《こ》む感じで』

『平森《ひらもり》さんここでブレス忘れずに』……。

ページをめくる手は止まらなかった。一曲読み通すと次の一部を箱から取り出して開いた。僕《ぼく》はそうして頭の中だけで鳴《な》り響《ひび》く管弦楽《かんげんがく》に埋《う》もれながら、『けものみち交響楽団《こうきょうがくだん》』の歴史を掘《ほ》り進《すす》んでいった。

二十数曲目に、その楽譜《がくふ》にたどり着いた。

最初のページを開いた瞬間《しゅんかん》、僕《ぼく》は固まった。息もできなかった。目だけが、手書きのかわいらしい音符《おんぷ》の連なりを追っていた。

隣《となり》の詩月《しづき》が気づく。

「どうしたんですか真琴《まこと》さん。……その曲が、なにか？」

朱音《あかね》もなにごとかと僕《ぼく》の手元をのぞきこんでくる。

「……メドヴェージェフ作曲、ええと、中期ルネサンスの主題による二十六の変奏曲。タイトルなっが。……知らない曲だけど。真琴《まこと》ちゃんは知ってるの？」

僕《ぼく》はうなずいた。知っている——曲のはずだ。

ページをめくり、譜《ふ》読みを進める。

間違《まちが》いない。僕《ぼく》はこの曲を知っている。

楽譜《がくふ》を閉じ、詩月《しづき》に預けた。

「生徒会室いってくる」

「えっ？　あ、はい、どうし――」

訊《き》きかけた詩月《しづき》は、僕《ぼく》の目の中になにかを見つけて言葉を呑《の》み込《こ》む。

まだなにも言えなかった。いけるかどうかわからない。越《こ》えなければならない壁《かべ》が何枚も何枚も立ちはだかっている。


生徒会室には生徒会長の他、都合が良《い》いことに音楽祭実行委員のみなさんも顔をそろえていた。僕《ぼく》の頼《たの》み事を聞いてみんな渋《しぶ》い顔になる。

「本物のオーケストラを伴奏《ばんそう》に――ですか」

実行委員長の二年女子が、とても信じられないという顔で僕《ぼく》の言葉を繰《く》り返《かえ》す。

「はい。せっかくのカンタータ、ピアノ伴奏《ばんそう》だと残念だから最初はシーケンサに打《う》ち込《こ》んで流そうと思ってたんです。でも本物なら何万倍も良《い》いですよね」

「村瀬《むらせ》君、あのねえ、音楽祭まであと二週間よ？　わかってる？」

生徒会長が苦笑《くしょう》しながら訊《き》いてくる。

「はい。でも、どうしてもやりたいんです」

僕《ぼく》はスマホで『けものみち交響楽団《こうきょうがくだん》』のバレンタインコンサートの動画をみんなに見せる。

「アマチュアですけどすごくレベル高くて、バッハは大得意です。二週間あれば大丈夫《だいじょうぶ》です。うちの合唱団もみんな呑《の》み込《こ》み早いし、全体リハを前日に一回やらせてもらえば」

「合わせ、一回だけ？　それで大丈夫《だいじょうぶ》なの」

実行委員の副委員長が目を丸くする。この二年男子はカンタータ合唱団の一員でもある。

「オペラとか第九とかそういう大きいコンサートって、だいたいそんなもんなんです。オケと歌で別々に練習して、合わせは本番前に一回か二回。スケジュール組むの大変だから」

僕《ぼく》はあまり気休めにならないだろうと思いつつ説明する。プロの例を持ち出したところで、実際に演《や》る身としては不安なままだろう。

「まあ、演奏に関しては村瀬《むらせ》を信用するけど……」

副委員長は腕組《うでぐ》みして宙をにらむ。

「そのオーケストラ、三十人くらい？　合唱隊にプラスで――いけるか。ステージでかいからな、あそこのホール」

「追加のもう一曲というのは何分くらい？」と委員長。

「十五分くらいです」

「それなら時間的にも……いけなくはないですけど……」

「本物のオケなんて絶対に盛り上がるし、保護者も来賓《らいひん》も喜びますよ。なにより生徒にとって一生ものの体験になると思うんです」

僕《ぼく》は心にも思っていない教科書的なアピール文句を白々しくも並べ立てた。ほんとうはただのわがままだ。自分が演《や》りたいだけなのだ。生徒会長がずっとにまにま笑っていたのはそんな僕《ぼく》の腹の底を見透《みす》かしていたからかもしれない。

「村瀬《むらせ》君、その話もうオーケストラの人たちには通してるの？」

「え……あ、いや」

目をそらしてしまう。

「……まだです」

「見切り発車なんだあ」

「すっ、すみません。……でも、あの、いっしょに演《や》りましょうって持ちかけておいて後から運営上の都合で無理でした、なんてことになったら申し訳ないじゃないですか」

「同じ理屈《りくつ》でうちらには申し訳なくないの？」

「んぐっ……」

生徒会長の言う通りだった。『けものみち交響楽団《こうきょうがくだん》』の人たちが出てくれるかどうか、まだわからないのだから。

しかし、双方《そうほう》に打診《だしん》してすりあわせて——なんてやっている時間はないのだ。同じ無礼を押《お》しつけるなら同じ学校の生徒相手の方が気が楽だった。

それに、僕《ぼく》は生徒会にひとつ貸しがある。文化祭で会長の頼《たの》みを聞いて中夜祭に出演したし、ミスコンにまで女装して出たのだ。これを自分で言い出すとヤクザみたいになってしまうから胸のうちにしまっておくけれど。

会長は僕《ぼく》の顔をのぞき込《こ》んで目を細めた。

「まあ村瀬《むらせ》君にはでっかい恩があるからねえ」

助かった。向こうから言ってくれた。

「もし出てくれるとして、楽器とかは全部オーケストラの人が用意してくれるのかな」

「あ、は、はい」

「ギャラは出せないよ？」

「いやそれは――」

アマチュアだし、と言いかけて自戒《じかい》する。頼《たの》んで出てもらうのだからアマチュアもくそもない。出演料が必要になるかもしれない。

「――必要なら僕《ぼく》が出します」

三十人近くいるオーケストラを一日拘束《こうそく》するのって総額いくらかかるの？　肝《きも》が冷えてきた。やばい。チャンネルに演奏動画をあげさせてもらわなきゃ。どれだけの足しになるのかはわからないけれど。

「うん。いいんじゃない委員長。やろうよ。楽しそうだよ」

会長が振《ふ》ると、実行委員長は困った笑《え》みを浮《う》かべた。

「最後には絶対そう言うと思ってました……」

「職員室には私がいってくるよ。会場の方の手配は委員長よろしくね」

「ほんとにありがとうございますっ」

僕《ぼく》は生徒会室を出ていこうとする会長に深々と頭を下げた。


小此木《おこのぎ》さんの経営するカフェは、その夕方、客が僕《ぼく》しかいなかった。カフェラテを頼《たの》む。コーヒーには詳《くわ》しくないけれど、とても香りが良く、染《し》みるように熱く、寒い中を歩いてきた身としてはありがたかった。

「カンタータの伴奏《ばんそう》、ですか？」

小此木《おこのぎ》さんはカウンターの向こうでグラス磨《みが》きを中断し、僕《ぼく》の隣《となり》までやってきた。僕《ぼく》は楽譜《がくふ》を差し出す。

「バッハの『心と口と行いと生活で』、第一曲と終曲です」

「演《や》ったことはありますな。合唱をやってくださるところが見つからなくて、けっきょく演奏会では披露《ひろう》できませんでしたが」

「え、演奏経験あったんですか？　すごくありがたいです！」

「いやあ、でも……」

小此木《おこのぎ》さんは譜面《ふめん》に目を落とす。

冬の夕刻で、すでにガラスドアの外はしんと暗い。だれか来てくれないだろうか、と僕《ぼく》は思った。自分ひとりのわがままで始めたことだけれど、ひとりで小此木《おこのぎ》さんに向き合うのは気が重かった。

馬鹿、他人を頼《たよ》るな、と自分で自分を叱《しか》る。

「我々は、もう手じまいするわけなので」

「最後にもう一回、お願いします」と僕《ぼく》は食い下がった。「素人《しろうと》の高校生の合唱ですけど、半年間ずっと練習してきて、かなりのものになってきてると自分では思います。カンタータをちゃんとオケで演《や》る経験なんて、僕《ぼく》らもこの先一生ないと思うし、みなさんにとってもいい思い出になるんじゃないかって。それに――」

バッハの下に重ねてあったもうひとつの楽譜《がくふ》をみせる。

「もう一曲。器楽だけで最後に演《や》っていい、って実行委員会から許可をもらっています。だからこれ、ステージで演《や》りましょう」

「メドヴェージェフのルネサンス変奏曲ですか。これは、たしかに」

小此木《おこのぎ》さんは手書きの楽譜《がくふ》の表紙を手でやさしくなで、僕《ぼく》の顔を見つめる。

「特別な曲……ではあります。思い入れがあるのもわかりますが」

「はい。すみません、完全な僕《ぼく》のわがままです。他のだれよりも僕《ぼく》が聴《き》きたいんです」

「わかります。うん。わかります」

何度も何度もつぶやく。自分に言い聞かせているみたいだ。

「我々もこの曲はやりこみました。けっきょく華園《はなぞの》先生が入院されて、できずじまいに」

僕《ぼく》は小此木《おこのぎ》さんの顔を見つめる。白いひげは老木の足下《あしもと》を包む根雪を思わせる。その下に、僕《ぼく》みたいな子供では想像もつかない深く複雑な年月が積み重ねられているのだろう。乾《かわ》いてひび割れた唇《くちびる》は長い間じっと動かなかった。

できずじまい、じゃないはずだろう。声に出さずに僕《ぼく》は強く問いかける。曲はここにあって、オーケストラはまだ残っていて、会場はすでに手配されていて、聴《き》き手が待っている。他になにが要《い》る？

答えがなくとも、わかっていた。

心に火をつけるものが足りないのだ。

でも、僕《ぼく》はもう手を尽《つ》くした。待つしかなかった。

やがて小此木《おこのぎ》さんはふうっと息を吐《は》き出《だ》し、ストゥールから立ち上がってカウンターの向こう側に戻《もど》ってしまった。やっぱり無理か、とうつむきかけた僕《ぼく》に笑って、古めかしい固定電話の受話器を持ち上げてみせる。

「二週間後ですか。全員の予定が空いているとは限らんですが」

「あっ、ありがとうございます！」
僕《ぼく》はコーヒーの香りに囲まれながら、小此木《おこのぎ》さんが楽団員に一人一人電話をかけていくところをじっと見守った。祈《いの》るような気持ちだった。

凛子《りんこ》にLINEを送ることができたのは、その夜遅《よるおそ》くになってしまった。
［お父さんとはどうなったの？］
なんだかよそよそしい訊《き》き方になってしまった。
あれから帰宅後、親子間でどんな対話があったのか、想像するだに怖《こわ》い。殴《なぐ》り合《あ》いになったりしていないだろうか。
［とくになにも　進路の話でケンカはしょっちゅうだから］
しょっちゅうなの？　それは『とくになにも』っていっていいのだろうか。不安を嚙《か》み殺《ころ》しつつも次のメッセージを打つ。
［お父さんに伝えてほしいことがあるんだけど話せる状態かな］
［伝言くらいなら大丈夫《だいじょうぶ》　用件は？］
大丈夫《だいじょうぶ》というのはどれくらい大丈夫《だいじょうぶ》なんだ。家出は思いとどまったから大丈夫《だいじょうぶ》、とかだったらどうしよう。

用件を書《か》き込《こ》み欄《らん》に途中《とちゅう》まで打《う》ち込《こ》んだところで指が止まる。

ちがうだろ。伝言なんて頼《たの》む場面じゃない。おまえが全部始めたことだぞ。

文章を全部消して新しく書き直す。

［僕《ぼく》が直接お父さんと話したいんだけどいい？］

すぐに凛子《りんこ》からの通話が入る。

『大丈夫《だいじょうぶ》？　石頭とか唐変木《とうへんぼく》とか言ったりしない？』

「しないよ。口喧嘩《くちげんか》したいわけじゃない」

『そう。わたしはさっき言ったけど』

言ったのかよ？　全然大丈夫《だいじょうぶ》じゃなくない？

「頼《たの》みっていうかお誘《さそ》いっていうか。とにかく、僕《ぼく》が自分で話すのが筋だと思って」

しばらく凛子《りんこ》は黙《だま》り込《こ》んだ。考えているのだろうか、と思いきや、なにやら移動している気配が電話口から伝わってくる。ドアをノックする音。お父さん？　いま暇《ひま》？　という凛子《りんこ》の声が小さく聞こえる。緊張《きんちょう》してきた。

やがて——

『……はい。替《か》わりました』

怖《こわ》いほど輪郭《りんかく》のくっきりした男性の声。

「……あっ、あのっ、夜分遅《おそ》くすみません。村瀬《むらせ》です。……昼間は、ど、どうも」

情けなくうろたえた自分の声はあまりにも対照的だった。

『なにかご用件とか。できれば手短にお願いします』

こちらとしても長話をするつもりはなかった。精神が保たない。

「……再来週の土曜日、うちの学校の音楽祭があるんです。観《み》にきていただけますか」

『行く予定です』

聞こえないように安堵《あんど》の息を漏《も》らす。

「そこで、クラスの合唱が全部終わった後に、有志でバッハのカンタータを演《や》るんです」

『それも凛子《りんこ》から聞いています』

「そのカンタータの伴奏《ばんそう》をですね、例の、『けものみち交響楽団《こうきょうがくだん》』にお願いしたんです」

なんの言葉も返ってこなかった。言うべきことがないからだろう。だからどうしたのだ、という圧力を持った沈黙《ちんもく》だった。

「それからカンタータの後にもう一曲、管弦楽《かんげんがく》だけで演《や》ります。それを聴《き》いてほしいんです」

『行くからには最後まで聴《き》きますが』

社会人として当然の礼儀《れいぎ》だから聴《き》く、ということか。

そうじゃない。それだけじゃだめだ。でも、この先は言葉で伝えるべき領分じゃない。

「あのオーケストラがどれだけのものか、お聴《き》かせします。ありがとうございました」

僕《ぼく》は通話を切った。

それから、凛子《りんこ》にもありがとうとLINEメッセージを送り、スマホを机に伏《ふ》せて置く。代わりに、積んであった楽譜《がくふ》を取り上げた。

バッハのカンタータ。そしてもう一曲、『中期ルネサンスの主題による二十六の変奏曲』。立ちはだかっていた壁《かべ》は、大勢の人に協力してもらって、迷惑《めいわく》もかけまくって、ほとんど乗《の》り越《こ》えることができた。あと一枚だけだ。

当日、最高の演奏をしなきゃいけない。

でもこればかりはもう僕《ぼく》にできることはなにもない。演《や》るのは『けものみち』のみなさんで、タクトを振《ふ》るうのは小森《こもり》先生だ。

祈《いの》ることしかできない。

＊

ところが翌朝、音楽祭で『けものみち』が演《や》ることになったと小森《こもり》先生に報告しにいくと、先生は言った。

「わたしが振《ふ》らない方がいいんじゃないの？」

「え？」

カンタータと変奏曲、二つの楽譜《がくふ》の表紙にそれぞれ手をのせて先生は僕《ぼく》の顔をのぞき込《こ》む。

「だって、こうなっちゃった以上これは村瀬《むらせ》君のコンサートだよね。村瀬《むらせ》君が振《ふ》るべきだと思うんだけど」

僕《ぼく》が——振《ふ》る？　指揮をするってこと？

困惑《こんわく》して言葉を失う僕《ぼく》の手に、小森《こもり》先生はいたずらっぽく笑って、タクトを握《にぎ》らせた。

「がんばれマエストロ！」

6　鏡の国の地図

指揮者って必要なのだろうか？

——というのは、子供の頃《ころ》から抱《いだ》いていた疑問だった。

オーケストラの生演奏なんて学校の音楽鑑賞《かんしょう》くらいしか経験がなく、もっぱらネットの動画サイトで観《み》るばかり。ひとつの音も出さないくせに台の上でいちばんえらそうにして棒を振《ふ》り回《まわ》しているあのおっさんは、一体なんのためにいるんだろう、と思っていた。

高校生になった今も、幼い頃《ころ》の疑問が完全に解消されたわけではない。

たしかに『けものみち交響楽団《こうきょうがくだん》』のバレンタインコンサートで小森《こもり》先生がタクトを振《ふ》った演奏は素晴《すば》らしかった。でも先生の貢献《こうけん》ってどれくらいのものだったんだろう？

大人数の演奏を合わせるためにキューを出す役目が必要なのはわかるけど、それってオーケストラの一員がやればよくない？　実際、指揮者がいなくてもコンサートマスターの動きに合わせてオーケストラの演奏はちゃんとそろう、というのをテレビ番組でやっていたような。

指揮者ってなにをする人？

ぶしつけで素朴《そぼく》な子供の疑問は、高校一年の冬、巡《めぐ》り巡《めぐ》って自分に襲《おそ》いかかってきた。

僕《ぼく》はあの台の上で、楽団員と観客の両方の注目を浴びて、ひとつの音も出せないただの棒っきれ一本だけ握《にぎ》りしめて、なにをすればいいんだろう？

＊

「指揮を教えろ、っていわれても」

小森《こもり》先生は困った顔で小首をかしげる。

「指揮法は三年間みっちりやってようやく基礎《きそ》が身につく、っていわれてるからね」

「僕《ぼく》が振《ふ》れって言ったのは先生ですよねっ？」

「あははは。二週間しかないいねえ」

笑いごとではない。

しかし小此木《おこのぎ》さんにも合唱隊のみんなにも僕《ぼく》が指揮者をやることになりましたと伝えてしまっている。しかも特に異論が出なかった。小此木《おこのぎ》さんなんて「最初からそのつもりだと思ってりました」と言ってくる始末。

やりたい気持ちがそんなにわかりやすく出ていただろうか？

やりたかった。やりたかったですよそりゃあ。バレンタインコンサートのときから――いやもっと前、『けものみち交響楽団《こうきょうがくだん》』のジュピターをはじめて聴《き》いたあのときから。

小森《こもり》先生に焚《た》きつけられたときも、内心は「待ってました!」くらいの気持ちだった。

それはそれとして、いざタクトを渡《わた》されてみると、途方《とほう》に暮れてしまう。

なにをすればいいのか皆目見当《かいもく》がつかない。

「指揮者の仕事のうち、実際に台の上で棒を振《ふ》るのは一パーセントくらいなんだよね」

音楽準備室での二人きりの講義で、まず小森《こもり》先生はそう言った。

「わたしも音大卒一年目のぺーぺーだから、教授の受け売りそのまんま話すね。指揮者の仕事はまず、読むこと!」

「楽譜《がくふ》を、ですか」

「そう。楽譜《がくふ》に書いてあることを読《よ》み込《こ》みまくる。書いてないことも読《よ》み込《こ》みまくる。なんでこの場所にこの音がこの弾《ひ》き方で指定されてるのか、ってのを何十万個あるオタマジャクシひとつひとつについて考えるの」

「早くも気が遠くなってきました……」

「二つ目は、聴《き》くこと!」

「他人の演奏を聴《き》いて研究ってことですか」

「それもやる。あとは自分のオケの音も聴《き》く。だれがどういう音を出すのか把握《はあく》しておくの。自分の楽器はあれこれ鳴らしてみて、どうやったらどういう音が出るのか確認《かくにん》するでしょ。あれと同じ」

不安になる。

「……ああ、やっぱり、オーケストラってひとつの楽器っていう考え方なんですね」

自分だけの妄想《もうそう》じゃなかったのだ、と知って少し安心する。でも次の先生の言葉でかえって不安になる。

「そう。楽団員を人間だと思っちゃだめだよ！　楽器の部品だからね！」

「え、え、ええ？」

「べつに人権無視しろとか人間扱《あつか》いするなとかそういう意味じゃなくてね？　どういったらいいんだろう、むずかしいな。つまり、楽団員と指揮者がどっちも対等《たいとう》の人間だって考えちゃうと、まずい演奏したときにどっちのせいなの？　ってことになっちゃうでしょ？」

「……はあ。どっちの、って、それは演奏してるのが団員なんだから」

「それ！　その発想がよくないので！」先生はなんだかうれしそうに僕《ぼく》を指さす。「演奏がまずかったら指揮者のせい。オケは楽器！　下手なの楽器のせいにしちゃだめでしょ？」

「ああ……はい、まあ……」

「で、三つ目は、考えること」

小森《こもり》先生の指先が、楽譜《がくふ》のフルートからコントラバスまでの段をジグザグにたどる。

「どんな演奏にするのか。どんな具合にお客の気持ちを引っぱり回すのか。イメージを練って練って練り上げる」

それは——わかる。バンドの曲でもいつもやっていることだ。

「最後は対話することかな。これがいちばん大事だって教授は言ってた」

小森《こもり》先生は僕《ぼく》の顔をまじまじと見つめて言う。

「楽団員とじゃないよ。いや、楽団員とも対話しなきゃだけど、作曲者とね。だいたい作曲者は死んじゃってる人だけどね。楽譜《がくふ》の中に、言葉とか考え方とか想《おも》いが染《し》みこんでるから、対話して探《さぐ》り出《だ》す。これがね、いちばん難しくていちばん楽しい」

「……ちょっと僕《ぼく》にはハードル高い世界ですね……」

プロコフィエフを演《や》ったときもそんなの全然考えてなかった。あの世でセルゲイさんは怒《おこ》っているかもしれない。すみません。

僕《ぼく》はふたつの楽譜《がくふ》を取り上げる。

バッハとの対話。それから——

「いま言った四つのうち、三つは、もう村瀬《むらせ》君はできてるでしょ？」

「え？」

「オケの音を聴《き》いて把握《はあく》するの以外は、みんなできてる。わたしよりずっとできてる」

「いや、そんな——」

否定しかけ、楽譜《がくふ》をもう一度見やる。

「——たしかに、そうですね」

楽譜《がくふ》を読《よ》み込《こ》み、曲の全体像を考《かんが》え抜《ぬ》き、そして——作曲者と対話する。

僕《ぼく》にはできる。できるはずだ。

「そしたら後は自信を持って振《ふ》ればいいだけだよ」

「僕《ぼく》より四倍も五倍も長く生きてる人たち相手なんですが、自信といわれても……」

「タクトを持つな、自信を持て！」

「それも教授の格言ですか」

「ううん、これはわたしが今てきとうに考えた」

ますます自信がなくなってきた……。

凛子《りんこ》と顔を合わせるのはだいぶ気まずかった。昨日、電話で父親に対して啖呵《たんか》を切り、そのまま通話も切ってしまったからだ。後始末を丸投げした形で終わっている。

「昨日あれから？　べつになにも」

音楽準備室にやってきた凛子《りんこ》におそるおそる訊《たず》ねてみると、いつもの素っ気ない返事。

「父になにか要求したわけでもないのでしょう。見得を切っただけ。父は即物的《そくぶつてき》な人間だから

そういうのは全然気にしない」

「それはそれでなんか嫌《いや》なんだが……」

「そんなことよりも村瀬《むらせ》くんが指揮もやることになったんだって？」

小森《こもり》先生と僕《ぼく》を見比べて凛子《りんこ》が訊《き》いてくる。

「う、うん。なりゆきで」

ここ数日ものすごいスピードであれこれ決まっていくので周囲への説明がまったく追いついていなかった。カンタータの伴奏《ばんそう》を『けものみち交響楽団《こうきょうがくだん》』にやってもらう話も、指揮者を僕《ぼく》が担当する話も、まだバンドメンバーにはしていなかったはず。小森《こもり》先生から伝えてくれたのだろう。

「それで五時からさっそくオケの練習なんだ。これからほとんど合唱の練習に参加できなくなっちゃうので」

「しかたない。わたしがまとめる」

「世話になります」

「わたしとのことを父に認めさせるためだから、礼は要《い》らない」

「聞き捨てなりませんっ」

詩月《しづき》が音楽準備室に飛《と》び込《こ》んでくる。

「なにを認めさせるおつもりですか！　お父様が認めても私が認めませんから！」

おまえがなにを認めないつもりなんだよ。

しかし、最近ずっと気が重いことばかり続いていたので、久々のこのノリは精神的にありがたかった。

当然というかなんというか朱音《あかね》も準備室にやってきて参戦する。

「真琴《まこと》ちゃんメンバー全員の親と面談してるよね。伽耶《かや》ちゃんとこなんてご両親とお食事会までやったんでしょ？」

「……なんで知ってんの」

「伽耶《かや》には村瀬《むらせ》くんに関わることを包《つつ》み隠《かく》さずわたしたちに報告するように言ってある」

怖《こわ》い先輩方《せんぱいがた》だな！　合格できたとして来年度大丈夫《だいじょうぶ》なの？

「うちの親だけ物わかり良すぎてちょっと物足りないよね。真琴《まこと》ちゃんとは一回だけ顔合わせてるけど当《あ》たり障《さわ》りのないことしか喋《しゃべ》ってないし」

「べつにいいだろ平和で」

「私のお母様もけっきょくバンドのことはあっさり認めてくださったので障害としては全然燃えないですね……」

「けっこうなことじゃないか！」

「伽耶《かや》のところも解決したみたいだし、わたしの家がダントツで面倒《めんどう》」

「なんで勝《か》ち誇《ほこ》ってんだよ！　張り合わなくていいよ！」

「えっと、あの、わたしは父親がちょっと頭堅《かた》くていまだに門限が」

「先生も混ざってこないでくださいッ！」

そうこうしているうちに出発時間になってしまい、僕《ぼく》はダッフルコートを羽織った。

「今回は私たちのヘルプ要《い》らないんですか」

詩月《しづき》が訊《き》いてくる。

「うん。ティンパニない曲だし、通奏低音のとこも木管でうまく補った編曲版を使ってるんだってさ。それにみんな歌の練習したんだから合唱の方で参加したいだろ。オケに入ったら歌えなくなっちゃう」

「それは……そうですけど」

「ひとりで大丈夫《だいじょうぶ》？　やっぱりわたしも付き添《つそ》おうか」

小森《こもり》先生が言ってくるので僕《ぼく》は首を振《ふ》った。

「大丈夫《だいじょうぶ》です。指揮者に付き添《つそ》いなんていたら、舐《な》められるじゃないですか」

冗談《じょうだん》めかして言ったけれど、半分は本気だった。小森《こもり》先生は親指をぐっと立てて僕《ぼく》を送り出してくれた。

駅までの道を凍《こご》えて歩く間、先生の言葉を反芻《はんすう》する。

タクトを持つな、自信を持て。


練習会場はいつぞや見学したのと同じ、古びた区民会館の大会議室だった。

集まった楽団員はみんな見知った顔ぶれ。小此木《おこのぎ》さんの電話連絡《れんらく》で、この間のコンサートの面子《メンツ》がほぼ全員また集まってくれたのだ。

ただ、緊張《きんちょう》感はまるでない。みんな息子《むすこ》や娘夫婦《むすめふうふ》の愚痴《ぐち》を言い合ったり、旅行の予定をすりあわせたり、接骨院の情報を交換《こうかん》したりしている。楽器さえなければ老人ホームのロビーみたいに見えたことだろう。

それでも小此木《おこのぎ》さんが咳払《せきばら》いして、シャチみたいに巨大《きょだい》なケースからコントラバスを取り出すと、他の面々も席についてそれぞれの楽器を準備し始める。

やがてオーボエのAの音が鳴《な》り渡《わた》る。

僕《ぼく》は会議室隅《すみ》のパイプ椅子《いす》に縮こまり、もう何度となく読んだ楽譜《がくふ》をそれでも目で追いながら、調律が終わるのを待った。

「それじゃあお願いしますよ」

小此木《おこのぎ》さんが会議室の奥《おく》から言った。

立ち上がり、両手を何度も開いたり握《にぎ》ったりした。目を上げると、二十数人分の視線が返ってくる。足がすくむ。逃《に》げられない。それどころかあの目が集まる焦点《しょうてん》に僕《ぼく》はこれから練習時間が終わるまで立ち続けなければいけないのだ。

おまえが始めたことだぞ。顔を上げろ。舐《な》められるな。

指揮台のそばまで歩み出ると、あらためて楽団を見渡《みわた》す。

「ええと……」

唇《くちびる》が乾燥《かんそう》してくっついているせいで、最初うまく声が出せなかった。みんながくすくすと笑っている気がした。

「また集まっていただいて、ありがとうございます。本番まで二週間、時間がありません。バッハの方はみなさんを信頼《しんらい》して、通しを何回かやるだけにします。練習時間のほとんど全部、ルネサンス変奏曲に使います」

「いいのかい。歌の方がメインだろう?」

フルート吹《ふ》きのおじさんが言ってくる。

「いいんです。バッハは、……ええと、みなさんの演奏はまだ聴《き》いてないですけど、たぶん間《ま》違《ちが》ってないですから」

「ルネ変の方は間《ま》違《ちが》ってる、みたいな言い方じゃないか」

僕《ぼく》は唾《つば》を飲《の》み込《こ》み、視線を返した。

「はい。おそらく間《ま》違《ちが》っていると思います」

ほう、と小さく息を呑《の》む音があちこちから聞こえた。動悸《どうき》がきつくなっているのが自分でもわかった。

今日、僕《ぼく》は戦いにきたのだ。

戦闘《せんとう》開始だ。楽譜《がくふ》を譜面《ふめん》台に置き、挟《はさ》んであったタクトを持ち上げた。

「まず主題。ここは葬送《そうそう》行進曲のイメージで――」

＊

二月最終週、高校には生徒が完全立ち入り禁止となる二日間の休みがもうけられている。入試の準備日と、試験当日だ。

準備日の夜、バンドのＬＩＮＥグループに伽耶《かや》からメッセージが入った。

［緊張《きんちょう》で眠《ねむ》れません！］

さっそく朱音《あかね》が反応する。

［よく眠《ねむ》れるプレイリスト作った！］

タイトルにsleepという単語が入っているだけのハードロック・ヘヴィメタルばかりのプレイリストがシェアされる。ボン・ジョヴィとかメタリカとかアイアン・メイデン聴《き》きながら眠《ねむ》れるのかおまえは。

［カモミールティーを淹《い》れました　私が飲むところを想像して安眠《あんみん》してください］

自分が飲むところじゃないんだ？

［ホットミルクにブランデーがおすすめ］

未成年！　中学生！

そのうちグループ通話が始まってしまう。朱音《あかね》にうるさく言われて僕《ぼく》も参加させられる。スマホの画面は細かく分割《ぶんかつ》され、四人の女の子たちの顔がそれぞれ表示される。

……みんな寝間着《ねまき》なんだけどいいのか？　朱音《あかね》なんてバスタオルかぶってるけど湯上がりだよねそれ？　詩月《しづき》はなんか肌《はだ》が透《す》けて見えるひらひらのネグリジェ着てるし。そんなの着て寝《ね》るやつ実在してたのか。凛子《りんこ》は凛子《りんこ》で猫耳《ねこみみ》つきのフードかぶってるしツッコミ待ちなのか？

『オンライン通話でセッションってできるのかな』

朱音《あかね》がそんなことを言い出してギターを抱《かか》える。

『ドラムスはさすがに……でも私のいちばんのお気に入り、ゾウアザラシのぬいぐるみリチャード君をぼふんぼふんしますね！』

リチャード君は詩月《しづき》の画面の隅《すみ》で泣いているように見えた。

『シンセならここにあるけど』と凛子《りんこ》が手元に目を落とす。電子ピアノの音がする。『オンラインだとラグがあるからアンサンブルにならない気がする』

『んー、ちょっとやってみようか。ワン、トゥ』

朱音《あかね》がスリーコードを刻み始める。詩月《しづき》が膝《ひざ》を手で叩《たた》いてビートを入れ、凛子《りんこ》がアドリブでピアノのメロディをかぶせようとするのだけれど、通信による遅延《ちえん》があるのでがたがたの演奏になってしまう。

『いやーひどいもんだね！』と朱音《あかね》は笑う。

『でも今のでだいたい遅延《ちえん》具合がわかりましたから』

『要は伽耶《かや》にちゃんと合っているように聞こえればいいんでしょう』

続いて三人が披露《ひろう》した『メリーさんのひつじ』は完璧《かんぺき》に音が合っていた。信じられなかった。おそらく遅延《ちえん》を考慮《こうりょ》してカウントからわずかに早取りで演奏したのだろう。演奏中も、ずれた音がずっと聞こえているわけで、よく混乱しないものだ。

『どうっ？　合ってた？』

弾《ひ》ききった朱音《あかね》が画面にぐっと顔を近づけてくる。

『あ、ありがとうございます、先輩方《せんぱいがた》……』

伽耶《かや》は両手で口をおさえて涙《なみだ》ぐんでいる。

『これでなにもかも忘れて眠《ねむ》れそうです』

『英単語とか公式は忘れちゃだめだからねッ？』

『真琴《まこと》ちゃんもツッコミだけは忘れないねえ』

伽耶《かや》の顔がいったん画面から見切れた。どうやらベッドに転がったらしい。画面内に戻《もど》ってきたその目はとろんと閉じかけている。

『先輩《せんぱい》たち、去年――受験の前の日、どんな気持ちでしたか』

伽耶《かや》のつぶやきに、僕《ぼく》らはそれぞれ一年前へと思いを馳《は》せる。

一年。もう一年たった。まだ一年しかたっていない。

矛盾《むじゅん》する感覚がぴったり半分ずつ同居している。受験か。自分の成績でさほど無理しなくても入れそうなところを選んだのであまり苦労した記憶《きおく》も緊張《きんちょう》した記憶《きおく》もない。今の方がずっと緊張《きんちょう》している。明日、ほとんど一日オーケストラの練習なのだ。

『あたしはめっちゃ緊張《きんちょう》したなあ。ずっと不登校だったのに、美沙緒《みさお》さんに焚《た》きつけられてその気になっちゃって、それで落ちたら親にも美沙緒《みさお》さんにも合わせる顔ないじゃん。おまけに同い年の学生がいっぱいいる場所に制服着ていくなんて超《ちょう》久しぶりだったし』

『わたしもけっこうぴりぴりしてた。音楽科あるところ蹴《け》って普通《ふつう》高校行くって言っといて、落ちたら恥《は》ずかしすぎるから』

『私も単純に数学が不安で……』

え、みんなけっこう緊張《きんちょう》してたのか。これじゃ僕《ぼく》ひとり間抜《まぬ》けなこと言えないじゃないか。

「……うん、まあ、僕《ぼく》もそれなりに」

『真琴《まこと》ちゃんは余裕《よゆう》しゃくしゃくだったよね絶対に』

「なにその決めつけ」

『真琴《まこと》さんなら名前からしてかわいらしいので名前書くだけで合格できそうです』

「裏口入学したみたいに言わないでくれる」

『実際に会場で村瀬《むらせ》くんを見かけたけど鼻唄《はなうた》歌いながら答案書いてた』

「捏造《ねつぞう》すんな！　つまみ出されるわ！」

伽耶《かや》はくくっと笑った。それから伽耶《かや》の画面が暗くなる。どうやら電気を消したらしい。

肩《かた》まで布団《ふとん》をかぶっている。

『先輩方《せんぱいがた》、ありがとうございました。がんばって寝《ね》て、明日がんばります』

まだ少し声が震《ふる》えている。そこで凛子《りんこ》が言った。

『伽耶《かや》。わたしはもう何十回もピアノコンクールで優勝してきた。失敗できない舞台《ぶたい》を踏《ふ》んだ経験でいえばこの中のだれよりも多い』

なにを言うつもりなんだろう、と一瞬《いっしゅん》不安になる。明日に受験を控《ひか》えた伽耶《かや》に、無用なプレッシャーをかけるつもりじゃないだろうな？

『自信を持て、とか、落ち着いてやれば大丈夫《だいじょうぶ》、とか、今までの積み重ねを出すだけ、みたいな言葉を親からも先生からもさんざん浴びせられて、爪楊枝《つまようじ》ほどにも役に立たないのをよく知っている。だから今あなたにそういう当たり前の言葉はかけない。ただ――』

小さく区切られた画面の中で、凛子《りんこ》が不敵に微笑《ほほえ》む。

『この二ヶ月、勉強会でいっしょにやってきたことに対しては、自信がある。わたしが、わたしに自信を持っている。それを忘れないで』

暗がりで伽耶《かや》が涙《なみだ》ぐんだように見えた。

『……はい。ありがとうございます』

『終わったらケーキ食べにいこうね！』

『校門からちょっと出たところで待ってますから』

『ほんとに……先輩《せんぱい》たち……ありがとう』

『おやすみ！』

『おやすみなさい』

『おやすみ……』

通話は次々に切れていき、最後に僕《ぼく》が緑色の闇《やみ》の中に取り残される。

入試が終わったらケーキで一息。いいな。最高だな。あえてだれもなにも言わなかったけれど、僕《ぼく》は参加できない。明日もオーケストラ練習が午後からみっちり入っている。

あと一週間ないのに、全然仕上がっていないのだ。

スマホを枕《まくら》の下に突《つ》っ込《こ》んで毛布に潜《もぐ》り込《こ》んだ。

＊

「……センセイがどこに連れてこうとしてるのか、見えねえんだよな」

休憩《きゅうけい》時間中にフルート吹《ふ》きのおじさんがぼやいた。この人は『けものみち交響楽団《こうきょうがくだん》』の中でもいちばんずけずけ言ってくるので、ありがたくはあるけれど苦手だった。センセイ、という呼び方も僕《ぼく》を小馬鹿にしてのものだろう。

「なんとなぁくで各駅停車に乗って、寝《ね》ぼけて変な駅で降りる感じよ」

「ええ、はい……」

あらためて練習場を見渡《みわた》す。いつもの区民会館の大会議室だ。ここを使えるのもあと二回。そして合唱隊をまじえた本番前の通しリハーサル。その後はもう本番だ。

まったく手応えがないまま、三月が来てしまう。

「もう一度頭からやります。第六変奏まで音の抜《ぬ》きを重ためにし、引きずる感じで。第七から長調か短調か判然としなくなるのでファゴットとオーボエの空虚《くうきょ》五度を立てて――」

細かい指示を出し、譜面台《ふめんだい》からタクトを取り上げた。

振《ふ》ってみて、あらためてわかる。『けものみち』は大したオーケストラだ。とにかくリズムが崩《くず》れない。反応が良《い》い。落ち着いている。

でも、乗りこなせていない。

知らない人が見たら、僕《ぼく》の棒にしっかり合わせて演奏しているように見えるだろう。でもその実は、コンミスの田端《たばた》さんが僕《ぼく》の棒をそれとなく誘導《ゆうどう》し、他のみんなは田端《たばた》さんの弓を見て弾《ひ》いているのだ。

僕《ぼく》はただの案山子《かかし》だった。メトロノームにすらなれていなかった。

暖房《だんぼう》もまるで効かない寒い大部屋だったけれど、脂汗《あぶらあせ》がじっとり浮《う》かんだ。

小森《こもり》先生、あなたすごいですね？　こんな熟達した二十数人を掌握《しょうあく》して、有無《うむ》を言わさず道を示して全速力で突《つ》っ走《ぱし》らせて、自在にコーナリングしてゴールまで導いていた。どうやるのか見当もつかない。人間じゃなく楽器の部品だと思え、だって？　無理だ。みんなそれぞれの人生を生きている人間で、練習の成果で音程と拍《はく》が合っているだけだ。それだけでもすごい。十分すごいよ。でもそれならシーケンサに打《う》ち込《こ》んで鳴らすのと変わらない。

終結和音を切る合図だけが、僕《ぼく》にできた指揮者らしい仕事のすべてだった。

圧《お》し潰《つぶ》すような沈黙《ちんもく》の視線が僕《ぼく》に集まる。

とにかく指揮者は黙《だま》っちゃだめなんだよ、と小森《こもり》先生は言っていた。練習が一区切りついたところでなにを言おうか考《かんが》え込《こ》んだらだめ。ぱっと感想と次の指示を出す。言うべきことは演奏中に考えておかないといけない。みんなが不安になるからね。

なにも言葉が出てこない。

どうすればいい？　みんな上手《うま》い。ちゃんとアンサンブルにはなっている。ただ熱を感じられないだけ。そんな曖昧《あいまい》で抽象的《ちゆうしようてき》なことをそのまま言ってどうなる？　みんな戸惑《とまど》うだけだ。

とにかくなにか言わないと。そもそも前回のバレンタインコンサートで綺麗《きれい》に解散するところを僕《ぼく》のわがままで呼び集めて、貴重な時間を割《さ》いてもらっているんだ。実りのある練習にしなきゃいけない。

僕《ぼく》を見かねて小此木《おこのぎ》さんが最後列から明るく作った声で言う。

「だいぶ練度は上がってきているのではないですか。全体的なクレシェンド、デクレシェンドでヤマが作れてますし」

「うん。悪くないねえ」

「華《はな》ちゃん先生がいた頃《ころ》くらいには戻《もど》ってきたね」

「まあ、せっかくの曲だから最後に記念に一発やっときたいしな」

気のない返事が続く。

それじゃだめなんだ。最後だから記念にとか、昔と同じくらいの完成度とか、そんな程度のものは求めてないんだ。なにをどう言えばいい。僕《ぼく》はまだなにも働いていないに等しい。騒《さわ》ぎ回って煽《あお》り立《た》てただけだ。みんながんばった。がんばってるんだから僕《ぼく》もがんばらなきゃ。朱音《あかね》も詩月《しづき》も凛《りん》子《こ》もオーケストラの一員としてがんばった。　伽耶も今まさに試験問題に向かってがんばっている最中だ。それともそろそろ全教科終わる頃《ころ》だろうか？　あれって何時までだっけ？　いけない、伽耶《かや》のことなんて考えている場合じゃない。集中力が切れかけてる。

いつの間にか伏《ふ》せていた目をおそるおそる持ち上げると、楽団員のみなさんの同情や憐《あわ》れみに満ちた視線が僕《ぼく》に集められている。

しかたない。

まだ高校生だからしかたない。

指揮は初心者だからしかたない。そういう目だ。

ちがうんだ。僕《ぼく》はそんなふうに優《やさ》しく接待してもらうために来たんじゃない。これはほんとうに特別な曲で、今ここで仕上げなきゃいけなくて、僕《ぼく》以外のだれにもできなくて、僕《ぼく》の中には形が見えているのに現実の管弦楽《かんげんがく》にそれを接続するための言葉が見つからなくて——

言葉。

僕《ぼく》は譜面台《ふめんだい》の両端《りようたん》をきつく握《にぎ》りしめ、楽譜《がくふ》を凝視《ぎようし》した。

書かれているのはすべて言葉だ。アルファベット、発想記号、強弱記号、白と黒の音符《おんぷ》、数字と点と線、なにもかもが音楽を伝えようとしている言葉だ。音楽そのものじゃない。音楽は言葉のさらに深く底の底に沈《しず》んでいる。

小森《こもり》先生は言っていた。

——対話すること。これがいちばん大事。

黒川《くろかわ》さんも言っていた。

——あんたはそっち側ってことだよ。

華園《はなぞの》先生も言っていた。

——きみがやったんだよ。あたしはちゃんと知ってるよ。

対話しなければいけない。言葉で足りなければ、僕《ぼく》の中にあるものはなんでも使って、伝えなきゃいけない。

楽譜《がくふ》を閉じると、タクトを置いて指揮台から下りた。楽団員たちの半数ほどはぎょっとした顔になり、もう半分はやれやれという顔になった。

見渡《みわた》し、告げる。

「ええと。……これまで演《や》ってきたルネサンス変奏曲、いったん全部忘れてください」

僕《ぼく》のせりふで、表情は困惑《こんわく》一色に染まる。

「みなさんに聴《き》いてもらいたい曲があるんです。ルネサンス変奏曲とは、まあ、全然関係ない歌なんですけど」と僕《ぼく》は部屋の隅《すみ》のアップライトピアノを振《ふ》り返《かえ》る。「これから弾《ひ》き語《がた》りします。僕《ぼく》らのバンドが二番目に仕上げた曲で、元々は僕《ぼく》が中学生の——あ、ええと、すみません。能書きはいいですね」

背中に刺《さ》さる視線の束を感じながらピアノに向かった。

椅子《いす》に腰《こし》を下ろし、蓋《ふた》を開き、鍵盤《けんばん》の感触《かんしょく》をたしかめる。マイクもない。おまけに後ろ向きだ。意味がわからず戸《と》惑《まど》っている聴衆《ちょうしゅう》に対して、はじめての歌を叩《たた》きつけるには、これ以上ないくらいの悪条件だった。

いいだろう。やってやる。

僕《ぼく》は深く息をつき、最初の和音を静かに押《お》し込《こ》んだ。

＊

音楽祭の会場は、高校から一駅のところにある区立の多目的ホールだった。

時期的に三年生が参加していないとはいえ、それでも全校生徒の三分の二を収容できる会場となるとそれなりの規模で、この間のバレンタインコンサートの会場より一回り大きいくらいの立派なホールだった。一階席が生徒用、二階席が保護者ほか外部からの観客用。昔は学校の体育館を使っていたのだけれど、聴《き》きにきたがる親がどんどん増えて収容しきれなくなって外に会場を借りることにしたのだという。

計十六クラス、それぞれ課題曲と自由曲を一曲ずつ歌うので所要時間十分ほど。三時間近い長丁場の審査《しんさ》を終えた小森《こもり》先生は、ふらふらだった。

「疲《つか》れた……でも全部ちゃんと聴《き》かなきゃだし……」

表彰式《ひょうしょうしき》後、楽屋に逃《に》げ込《こ》んできた小森《こもり》先生は息も絶え絶えに言う。

「みんな上手《うま》くなってて先生うれしい……でも優勝決めのところで校長先生と教頭先生で意見割れちゃってほんと大変で……」

「お、お疲《つか》れ様《さま》です……」

僕《ぼく》らの本番はここからなので、こんな場所で愚痴《ぐち》られても困るのだが。

「でも村瀬《むらせ》君のクラス！　優勝候補かと思ってたけど期待外れだったよ！　もっとみっちり仕上げなきゃだめでしょ！」

「えええええ……いや、カンタータと変奏曲にかかりっきりでそんな余裕《よゆう》なかったですよ。あと全体的にレベル高くてびっくりしました」

我《わ》が一年七組は、詳《くわ》しい順位は聞いていないが上位五クラスの表彰圏内《ひょうしょうけんない》にはかすりもしなかった。しかし詩月《しづき》の三組と凛子《りんこ》・朱音《あかね》の四組はそれぞれ銅賞、銀賞だったので、カンタータを言い訳にしてはいけないのかもしれない。

「いやいや、お世辞ではなく、ここの生徒のみなさん、合唱のレベルが高いですよ」

背後で聞いていた小此木《おこのぎ》さんがのんびり言う。楽屋には『けものみち交響楽団《こうきょうがくだん》』の男性楽団員が詰《つ》めていた。といっても喫煙率《きつえんりつ》が高いので今は半分くらいが喫煙所《きつえんじょ》に行ってしまっていて、だいぶ狭苦《せまくる》しさが緩和《かんわ》されている。

「小森《こもり》先生の教え方がいいんでしょうなあ」

「いえっ、わたしなんかはっ、……華園先輩《はなぞのせんぱい》のおかげだと思います」

いや華園《はなぞの》先生は合唱指導なんてずっと僕《ぼく》と凛子《りんこ》に押《お》しつけてましたけどね、とは思っていても言わない。

「リハもびっくりするくらいすんなり合ったもんな」

「ピアノ伴奏《ばんそう》に慣れてるとオケに合わせるなんてなかなかできないもんだけどね」

「あれじゃないの、センセイがたしか管弦楽版《かんげんがくばん》のを作って普段《ふだん》から使ってたんでしょ」

「さすがセンセイだなあ」

楽団員たちの会話に僕《ぼく》は首をすくめる。センセイ、とは僕《ぼく》のことだ。けっきょくこの含《ふく》むところありまくりの呼び方が定着してしまった。かんべんしてほしい。

楽屋のドアがノックされた。

「みなさん、そろそろです！」

　顔を出したのは詩月《しづき》だ。いつもの制服姿だし今日は学校の音楽祭なのだが、タキシード姿のおっさんばかりの部屋に入ってくると詩月《しづき》の方が場違《ばちが》いに見えてしまう。

　僕《ぼく》を見て目を輝《かがや》かせる。

「真琴《まこと》さんもタキシード！　素敵《すてき》です！　てっきり制服のままで振《ふ》るのかと」

「ああ、うん、一応かっこうはつけないと、と思って」

　僕《ぼく》は自分の服装を見下ろす。真っ白な蝶《ちょう》ネクタイとフリルシャツ。ジャケットの襟《えり》は光沢《こうたく》のある生地《きじ》が使われていて、こんなに気障《きざ》にきめて大丈夫《だいじょうぶ》だろうかと不安になる。

「そうそう、かっこうは大事よ」

「指揮者なんてかっこつけるのが仕事みたいなもんだからな」

　おっさんたちが笑う。冗談《じょうだん》めかしてはいるが、八割方正しいのだと今の僕《ぼく》は理解できる。

「じゃあそろそろ行くか」

「センセイはゆっくりしてな」

「客が焦《じ》れるくらいもったいつけて出てくるのがマエストロっぽいからな」

　全員が出ていってしまった後、ひとり楽屋に残された僕《ぼく》は、厚紙に印刷された簡素なプログラムをもう一度指でたどる。

　十六クラス分の自由曲が列記された末尾《まつび》に、僕《ぼく》らがこれから演《や》る曲が記されている。

ヨハン・セバスティアン・バッハ作曲
教会カンタータ『心と口と行いと生活で』BWV147
　第一曲　心と口と行いと生活で
　第十曲　主よ、人の望みの喜びよ

イゴール・メドヴェージェフ作曲
中期ルネサンスの主題による二十六の変奏曲　op.6

とうとうここまできた。

あとは火をつけるだけだ。


舞台袖《ぶたいそで》に行くと、すでに楽団は舞台《ぶたい》上に展開された席に着いて調律も済ませており、合唱隊の生徒たちも舞台《ぶたい》下手側に集合して出番を待っていた。こちらは全員制服姿だ。

「うお、村瀬《むらせ》かっこいいなそれ」

「写真撮《と》っていいっ？」

「うちらもなんかドレスっぽいのでそろえたかったね」

僕《ぼく》のタキシード姿にはやはり注目が集まってしまう。いや、こうして制服姿の中に放《ほう》り込《こ》まれると違和感《いわかん》あるかもしれませんけれどね？　同じくタキシードとドレスできめたオーケストラの真ん前に登場したらしっくりなじみますからね？　たぶん。

「真琴《まこと》ちゃん、うちらのステージで着たい衣装《いしょう》がどんどん増えてくね」

朱音《あかね》が僕《ぼく》のまわりをくるくる回りながら全身を隅々《すみずみ》まで観察する。くすぐったい。

「伽耶《かや》にも見せたら大喜びだったでしょうに」と凜子《りんこ》。

「今日来てないの？」

「LINEくらい確認《かくにん》しなさい」と凜子《りんこ》はスマホの画面を突《つ》きつけてくる。指揮のことで頭がいっぱいでスマホなんて全然チェックしていなかった。

「すごく観《み》にいきたいですが合格発表前でもうなんにも手につかなくてこんな状態じゃちゃんと楽しめなくて先輩《せんぱい》たちに申し訳ないので」

文章からもいかにも心ここにあらずな雰囲気《ふんいき》が伝わってくる。入試は先週終わったのだけれど合否発表は明後日《あさって》だ。気が気ではなくてコンサートを楽しむどころじゃないだろう。

「代わりに——というわけでもないけれど」

凜子《りんこ》は二階席の方を指さした。

「うちの両親はちゃんと来てる」

そう言われても舞台袖《ぶたいそで》からは見つけられないだろう、と思いきや冴島俊臣《さえじまとしおみ》氏はちゃんとどこにいるか判別できた。二階席の後ろから四列目、中央やや左寄りの席だ。隣《となり》には、一度だけ見たことのある凛子《りんこ》の母親も同席している。二人とも、目鼻立ちがくっきり整っているということもあるのだろうが、とにかく異様に目立つ。威圧感《いあつかん》に近いものをまとっている。あんな両親と生まれたときから一つ屋根の下で暮らしていたら疲《つか》れるだろうな……。いやいや。まずは来てくれたことに感謝だろ。挑発《ちょうはつ》したのは僕《ぼく》なんだから。

腕章《わんしょう》を巻いた音楽祭実行委員の生徒が、「コーラスの人たち、どうぞ！」と合唱隊に向かって小声で指示した。

僕《ぼく》はまたひととき、暗がりにひとりで放置される。

指揮者って、ほんとうに孤独《こどく》だ。あらためて思う。舞台《ぶたい》に赴《おもむ》くときも、退がるときもひとり。賞賛を浴びて礼を返すときも、冷笑《れいしょう》を浴びて舞台袖《ぶたいそで》に逃《に》げ帰《かえ》るときも、ひとり。

ほとんどの時間を、楽譜《がくふ》の向こう側にいる寡黙《かもく》な死者と向かい合って、ひとり。

思えば、僕《ぼく》はずっと似たようなことをしてきた。部屋に閉じこもってヘッドフォンをかぶってひとりきりでPCの画面に向かって黙々《もくもく》とピアノロールに四角い音符《おんぷ》を並べていた。それならひょっとして僕《ぼく》って指揮者に向いているのでは？

自虐的《じぎゃくてき》に笑って首を振《ふ》る。

たった一曲仕上げるだけで息も絶え絶えだった。とても向いていない。

またやりたいとも――

『――指揮、一年七組、村瀬真琴《むらせまこと》』

アナウンスが僕《ぼく》を呼んだ。

タイをあらためて締《し》め、舞台袖《ぶたいそで》から光の中に踏《ふ》み出《だ》す。

横殴《よこなぐ》りの夕立みたいな拍手《はくしゅ》が襲《おそ》ってきた。

「村瀬《むらせ》くーんっ！」「まこちゃあああああん！」「むっさおぉおおおお！」

思わず三歩目くらいで足を止めてしまう。いや、生徒のみなさん、そういうノリはやめていただきたいのですが……？　保護者の方々も引いてますよ？

楽団員も合唱隊もにやにやしながらこっちを見ているので、足早に指揮台のそばまで行ってぎこちなくお辞儀《じぎ》した。拍手《はくしゅ》が二割増しになった上になんか「ぎゃあああああ」とか「うわぉおおおおん」とかそういう獣《けもの》じみた咆哮《ほうこう》まで混じり始める。

苦笑《くしょう》しっぱなしのコンミス田端《たばた》さんと握手《あくしゅ》し、指揮台に上がった。

客席に背を向け、譜面《ふめん》台に目を落としたまま、騒《さわ》ぎがおさまるのをじっと待つ。緊張《きんちょう》がほぐれてよかったかもしれない、と前向きに考えることにした。

やがて、拍手《はくしゅ》も人の声も絶える。

よっぽど振《ふ》り返《かえ》って「みなさんが静かになるまで二分十八秒かかりました」と言ってやろうかと思ったけれどやめた。代わりに譜面台《ふめんだい》からタクトを取り上げる。

まずはバッハだ。

オーケストラの面々を、そして合唱隊を、視線でひとなでずつ。みんな準備はできているかたしかめる。ソプラノ最前列で朱音《あかね》がにこにこと手を振《ふ》っている。やめなさい。隣《となり》の詩月《しづき》も張り合って両手振《ふ》ってくるし。止める役の凜子《りんこ》は残念ながらアルトでちょっと離《はな》れた位置に立っている。

タクトの先をぴんと持ち上げた。

ヴァイオリンとヴィオラの弓が一斉《いっせい》に天井《てんじょう》を指す。トランペットがまっすぐに客席に向かって砲口《ほうこう》を突《つ》きつける。

完璧《かんぺき》な入りだった。祝祭の喇叭《らっぱ》が弦《げん》とオーボエを引き連れて晴《は》れ渡《わた》った空を抜《ぬ》ける。潑剌《はつらつ》とした響《ひび》きはそのまま女声合唱に受《う》け渡《わた》され、応唱、対唱、また応唱と折り重なる複構造フーガが色鮮《あざ》やかに塗《ぬ》り広げられていく。

なんて心地《ここち》よい旋律《せんりつ》の絡《から》み合《あ》いだろう。合唱隊のだれもが目を輝《かがや》かせている。気持ちよくてしょうがないのだ。硬質《こうしつ》なドイツ語の脚韻《きゃくいん》も、八分と十六分の厳格な対応も、耳に触《ふ》れるもの、唇《くちびる》に残るもの、なにもかもが快い。焼き上げたパイをざくざくとフォークで刻んでいくときにも似た、生命のあたたかい根源に響《ひび》く快感。

バロック音楽に触《ふ》れるたびにいつも思う。音楽はもともとこのためにあったのだと。

いのちの喜びの律動。

人々は、まだ狩《か》りだけでその日の糧《かて》を得ていた時代から、獲物《えもの》の頭蓋骨《ずがいこつ》を棒で叩《たた》き、歌い、踊《おど》っていた。やがて音階が生まれ、ハーモニーが発見され、機能和声が整備され、対位法、管弦楽法《かんげんがく》、電気、拡声と録音、麻薬《まやく》、宗教……様々なものが後から後から付け加えられて音楽は肥大化していった。

でも、いちばん底にあるものは何万年たっても変わらない。

祝祭の旋律《せんりつ》が回帰してきて合唱と巧《たく》みに縒《よ》り合《あ》わされ、渾然一体《こんぜんいったい》となって空間いっぱいに展開される。やがて歌が晴《は》れ渡《わた》り、喇叭《らっぱ》は高らかに空を吹《ふ》き抜《ぬ》けて僕《ぼく》の指先に舞《ま》い降《お》りた。

終始和音をたっぷり伸《の》ばし、未練がましく断《た》ち切《き》る。

一呼吸だけ入れてすぐにタクトを振《ふ》り上《あ》げた。終曲のコラールを導く朗々とした旋律《せんりつ》が弦楽《げんがく》の間からみずみずしく湧《わ》き出《で》て流れ始める。第一ヴァイオリンとオーボエの奏《かな》でる限りなく澄《す》み切《き》った三連音の旋律《せんりつ》を、第二ヴァイオリンの付点リズムがかすかに泡立《あわだ》たせながら、泉から小川へ、谷を裂《さ》いて渓流《けいりゅう》へ、その先の純粋《じゅんすい》で力強い四部合唱につながる。

ヨハン・セバスティアン・バッハは、日課のように曲を書いていたという。生涯《しょうがい》で遺《のこ》した作品は、きちんと分類されて目録に記されているものだけを数えても千を超《こ》え、書きかけのものや即興的《そっきょうてき》なもの、未発見のものを含《ふく》めればその何倍にもなるだろう。彼《かれ》にとっては生きることと祈《いの》ることと音楽をすることは寸分のずれもなく等しかったのだ。彼《かれ》の呼吸はオルガンのふいごが送る風であり、彼《かれ》の言葉は聖歌の韻句《いんく》だった。

目醒《めざ》め、祈《いの》り、食べ、曲を書き、食べ、祈《いの》り、書き、歌い、祈《いの》り、眠《ねむ》る。

ただその繰《く》り返《かえ》しで老いていく。

どんなに素敵《すてき》なことだろうと思う。でも、僕《ぼく》らにはもうできない。僕《ぼく》らの手にする音楽にはどうしたってややこしい理由や言い訳や見栄《みえ》がみっしりとからみついている。

だから、人の変わらざる喜びを歌うこのコラールは、僕《ぼく》にとってまぶしすぎた。

合唱が終わり、コーダの弦楽《げんがく》を全身で浴びながら、僕《ぼく》はほとんど泣き出しそうだった。沸《わ》き起《お》こった拍手《はくしゅ》にもしばらく振《ふ》り返《かえ》ることができなかった。タクトを置くことすらできず、指揮台の上に立《た》ち尽《つ》くして痺《しび》れていた。

オーケストラの間に不安の表情が広がり、合唱隊にも伝播《でんぱ》する。詩月《しづき》がこっちに駆《か》け寄《よ》ってきそうなそぶりまでみせるので僕《ぼく》はようやく我に返った。

両手で「大丈夫《だいじょうぶ》」とみんなを押《お》しとどめ、振《ふ》り向《む》いて指揮台を下り、一礼する。合唱隊を手で示し、彼《かれ》らにも讃美《さんび》を、と促《うなが》すと拍手《はくしゅ》は倍以上にふくれあがった。全身を汗《あせ》といっしょに流れ落ちていく心地《ここち》よい疲労《ひろう》は、生きている喜びそのものだった。

半年以上練習してきた甲斐《かい》があった。わがままをねじこんで本物のオーケストラと共演できてほんとうによかった。最高の合唱だった。舞台《ぶたい》下手へ退場していくみんなを見送りながら、心底そう思う。

ここで演奏会を終えられるなら、どんなにか平和だろう。

観客だってきっと思っている。これで気持ちよく終わればいいじゃないか、と。プログラムの最後に書いてある、この得体の知れない長ったらしい題名の曲は一体なんだ、と。

僕《ぼく》のエゴだ。

最初がバッハでよかった。あまりにも純粋《じゅんすい》に美しかったせいで、これから押《お》しつける罪の深さが際立《きわだ》つ。

ぞくり、と寒気に震《ふる》え、再び指揮台にあがった。

拍手《はくしゅ》が戸惑《とまど》いがちに途切《とぎ》れる。

なにが始まるのか、って？

葬送《そうそう》だ。

僕《ぼく》はタクトをゆっくり目の高さまで持ち上げた。

波紋《はもん》を立てずに水面に触《ふ》れるような手つきで、最初の拍《はく》を刻む。

闇《やみ》の底で蠢《うごめ》く主題提示。アレグレット・ラメントーゾは棺《ひつぎ》を担《かつ》いで運ぶ歩みの速さだ。ヴィオラとチェロバスだけで陰鬱《いんうつ》に奏された息の長いシンプルな旋律《せんりつ》に、二声、三声、四声と高音部が塗《ぬ》り重ねられていく。ファゴット、オーボエ、哀《かな》しみを包《つつ》み込《こ》むように木管群が響《ひび》きを長く遠くたなびかせる。

僕《ぼく》はじっと息を詰《つ》め、力を押《お》し殺《ころ》して第六変奏を待った。

金管の照り返す光が視界の端《はし》で持ち上がるのをたしかめ、タクトを高く掲《かか》げる。

静けさの中に、トランペットの虚《うつ》ろで透明《とうめい》な響《ひび》きが打《う》ち込《こ》まれる。肌寒《はだざむ》さが押《お》し寄《よ》せてきた。演奏しているオーケストラの面々も目を見開いている。聴衆《ちょうしゅう》にもきっと聞こえたはずだ。

鐘《かね》の音。

ロシア革命で襲《おそ》われて打《う》ち壊《こわ》された大聖堂の、鐘楼《しょうろう》から引きずり下ろされて土に叩《たた》きつけられた最後の呼び声。やがて鋳《い》つぶされて砲身《ほうしん》や冑《かぶと》や鍋《なべ》に変えられてしまう運命を悟《さと》った、嘆《なげ》きの鐘《かね》。

この音が欲《ほ》しかったのだ。

練習でもついに一度もたどり着けなかった死者の音。

ステージはほんとうに生き物だ。いのちの喜びに満ちた讃歌《さんか》を踏《ふ》み台《だい》にして、何百人分もの拍手喝采《はくしゅかっさい》を裏切って、はじめてこの弔鐘《ちょうしょう》を鳴らすことができた。

まだこの先があるの？　と、ヴァイオリンの弓のうねりが問いかけてくる。ありますよ。どこまでも深く、どこまでも冷たく。僕《ぼく》はタクトの先で答える。第十二変奏、夜通し踊《おど》り明《あ》かす狂騒的《きょうそうてき》な舞曲《ぶきょく》のリズムに管楽器をひとつひとつ煽《あお》り立《た》てては乗せ、光をあて、また暗闇《くらやみ》に投《な》げ込《こ》み、円舞《えんぶ》の輪をひとめぐりさせる。怖《こわ》いよ、壊《こわ》れちまいそうだ、とフルートの調べが震《ふる》えながら訴《うった》えてくる。壊《こわ》れていいんですよ。今のあなたたちは楽器の部品です。壊《こわ》れたら僕《ぼく》が拾い集めて組み立て直せばいい。

指揮者はそのためにいるんだ。

放っておけばひとりでにでも完璧《かんぺき》で粒《つぶ》ぞろいでつまらない演奏を吐《は》き出《だ》し続けるこの楽器の王様を、叩《たた》き壊《こわ》して引《ひ》き裂《さ》いて、中にある熱く脈打つものを引きずり出す。ステージの上で生きているその瞬間《しゅんかん》にしか生まれ得ないものを、さらけ出させる。いのちは虚無《きょむ》と死とで区切られたその一瞬《いっしゅん》にいちばん輝《かがや》かしく燃え立つからだ。

自分でも知らなかった。

ルネサンス変奏曲は――こんな曲だったのだ。

合わせ鏡の中に迷《まよ》い込《こ》んだように延々と続く作曲者との対話の中でも、ついに見つけ出せなかった答えが、ここにあった。

自分の中から、想像もつかなかった音が次々に湧《わ》き出《で》てくる。そう、僕《ぼく》の中からだ。僕《ぼく》はオーケストラと完全に融《と》け合っていた。ほんのわずかな指の動きにもヴィオラとチェロの内声部が反応し、瞬《また》きひとつにもオーボエとフルートの輪唱が答える。

哀《あわ》れな屍《しかばね》を灰の中からよみがえらせ、四肢《しし》がちぎれるほどに舞《ま》い踊《おど》らせ、より華々《はなばな》しい二度目の死に導く。そういう曲だ。今わかった。さあ、殺してやる。第二十四変奏、舞曲《ぶきょく》のリズムがもはやステップをたどれないほどに過熱して崩壊《ほうかい》の瞬間《しゅんかん》へと突《つ》き進《すす》む。酷使《こくし》した骨の継《つ》ぎ目《め》から噴《ふ》き出《で》る炎《ほのお》をトランペットの上昇音型《じょうしょうおんけい》がかたどる。

タクトを折れるほど激しく虚空《こくう》に叩《たた》きつけた。

第二十五変奏。

唐突に訪れた静けさの中、夕映えの空に広がっていく煙。

限りなく単純化されて引き延ばされた主題から染み出てくる、最期のフーガ。ようやくここまでできた。第二十六変奏。指先の力がふっと消え失せそうになる。落としかけたタクトをすんでのところでつかまえる。

コントラバスのうなりが僕《ぼく》を支えてくれる。力強く。

そのとき、僕《ぼく》は見た。

幻覚《げんかく》だったのだろう——とは思う。

でもたしかに見えた。

小此木《おこのぎ》さんの隣《となり》で、背丈《せたけ》よりもなお高い楽器に身を寄せ、太い弦《げん》に指を沿わせ、赤《あか》ん坊《ぼう》をあやすような手つきで弓を押《お》しては返している彼女《かのじょ》の姿。

僕《ぼく》を、支えてくれている。

まぼろしをそこに残したまま僕《ぼく》は第二ヴァイオリンに目を移す。対唱、応唱、声部を変え調を変えながら主題が幾何学的《きかがくてき》に移ろい、透明《とうめい》な結晶体《けつしょうたい》となって千にも万にも割れ、その破片《はへん》ひとつひとつがさらに十万に、百万に分解され、めくるめくフラクタルとなり——

やがて六重フーガは全合奏に注《そそ》ぎ込《こ》まれて最後の昂揚《こうよう》を迎《むか》える。

僕《ぼく》は渾身《こんしん》の力でタクトを振《ふ》り下ろすと、両腕《りょううで》を広げ、終止和音を全身で受け止めた。

身体《からだ》中の細胞《さいぼう》が音に浸《ひた》されていくのを感じる。曲をどう締《し》めくくったのか、自分でもよく憶《おぼ》えていない。気づけば僕《ぼく》の頭は土砂降《どしゃぶ》りの拍手《はくしゅ》に塗《ぬ》りつぶされていた。

肘《ひじ》も膝《ひざ》も完全に萎《な》えて震《ふる》えている。汗《あせ》だか涙《なみだ》だかよくわからないものがあごを伝ってタキシードの襟《えり》を濡《ぬ》らしている。

無意識に閉じていた目を、ゆっくり開く。

オーケストラの全員が、顔を紅潮させ、目を光らせてこちらを見ていた。

コントラバスは——小此木《おこのぎ》さん一人しかいない。

わかっている。まぼろしだ。極度の緊張《きんちょう》と興奮でありもしないものが見えた。でも、支えてくれていたのもほんとうだ。わかっている。

やりきれた。すべて出し切った。もう今の僕《ぼく》の中にはひとしずくの余力もない。うつむいたとたんに指揮台にへたり込《こ》んでしまいそうで首を動かすこともできない。でも拍手《はくしゅ》は鳴り止《や》まずに背中にひっきりなしに叩《たた》きつけられている。

応えなければ。ちゃんとお辞儀《じぎ》を。

足が動かない。

「——どうした、マエストロ」

フルートのおじさんが笑いをこらえながら野次を飛ばしてきた。

「向き直る元気もないのか。お手々引いてやろうか？」

かろうじて、苦笑《くしょう》を返すことはできた。

「……大丈夫《だいじょうぶ》です」

それでもけっきょく指揮台から転げ落ちかけ、コンミス田端《たばた》さんに受け止めてもらうという醜態《しゅうたい》をさらしながら、なお高まる拍手《はくしゅ》を浴びる僕《ぼく》だった。


楽屋で『けものみち』の団員たちが打ち上げの飲み会についてあれこれ話し合っている最中に、凜子《りんこ》からＬＩＮＥが入った。

［父が話したいって　ロビーで待ってるけど出てこられる？］

メッセージを読んだ僕《ぼく》は、天井《てんじょう》を仰《あお》いで息をついた。

凜子《りんこ》の父親。そんなのすっかり忘れていた！　自分の演奏に必死すぎて。

しかし、僕《ぼく》が挑発《ちょうはつ》して、聴《き》きにきてくれと言い放ったのだ。終わったからそれじゃあさようならというわけにもいかないだろう。

「ちょっと出てきます」

近くのおじさん団員に小声で告げた。

「あぁ？　おいセンセイ逃《に》げるんじゃないだろうな！」

「今日の飲み会の資金源なんだから忘れるなよ！」

「センセイも三次会までつきあってもらうからな！」

たちまちみんなに見つかってしまう。ギャラ代わりに今日の飲《の》み代《だい》をいくらか負担する、という約束でみんなに出演してもらったのだ。飲み会の打ち合わせは僕《ぼく》にとってもわりと死活問題だったので席を外したくはないのだけれど、しかたない。不在の間になんか高い店に決められてしまわないようにと祈《いの》るしかなかった。

「すぐ戻《もど》りますから！」

言い置いて楽屋を出た。

後ろ手にドアを閉めようとしたとき、楽団員たちの会話が耳に入ってくる。

「センセイは高校生だから飲めねえぞ」

「高校生なのにセンセイってのもなんだかな」

「ていうかその茶化した呼び方そろそろ考えもんだろう」

「なあ。今日は大したもんだった」

「俺《おれ》自分がこんな音出せるなんて知らんかったよ」

「演《や》ってる間ずっと鳥肌《とりはだ》立ってた」

「ルネ変、まだまだ掘《ほ》り下《さ》げられ──」

ドアを閉め、会話を断《た》ち切《き》る。ずるずる立ち聞きしてしまいそうになった。凛子《りんこ》の父親を待

かった。

たせるわけにはいかない。

まだ全身萎《な》えきっていて脚《あし》に力が入らなかったけれど、それでも廊下《ろうか》を走る僕《ぼく》の足取りは軽かった。


生徒たちはとっくに撤収《てっしゅう》しており、聴《き》きにきていた保護者たちもほとんどが帰ってしまっている時間なので、ロビーはまったく人気がなかった。広く、天井《てんじょう》が高く、暖房《だんぼう》はまったく効いていないので、上着なしで出てきてしまったことを後悔《こうかい》する。タキシードというのはびっくりするくらい防寒機能が低いのだ。演奏の余韻《よいん》で火照《ほて》っていた身体《からだ》には厳しい寒さだった。

ソファセットのそば、大きな観葉植物の陰《かげ》に、その人影《ひとかげ》はあった。

向こうが先に僕《ぼく》を見つけて小さく頭を下げてくる。冴島俊臣《さえじまとしおみ》氏だった。

「……すみません、お待たせして」

駆《か》け寄《よ》り、僕《ぼく》も頭を下げる。

「いえ。お呼び立てしたのはこちらなので。お疲《つか》れのところを申し訳ないです」

あいかわらず、台本でも読んでいるかのように慇懃《いんぎん》だった。

「今日はわざわざ聴《き》きにきてくださってありがとうございます」

こっちもつられて気持ち悪い丁寧《ていねい》さになってしまう。冴島俊臣《さえじまとしおみ》氏は首を振《ふ》った。

「前にも言いましたが。もともと来るつもりでした。ピアノ演奏ではないとはいえ、凛子《りんこ》が人前で音楽を披露《ひろう》するのですから観《み》るのは当然です」

バンドのライヴには一度も来てないですよね？　音楽扱《あつか》いしてないってことですか？　と混ぜっ返してやろうかと一瞬《いっしゅん》思ったけれど、やめた。そんな話をする場面じゃない。

「凛子《りんこ》……さんは？」

てっきり一緒《いっしょ》に待っているのかと思っていた。

「家内と車で待っています。家内まで連れてきてはまともに話ができないと思ったので」

首の骨が折れるほど同意だった。ありがたい。話の通じなすぎるあの母親と、話の通じすぎるこの父親に挟《はさ》まれたりしたら脳みそが真っ二つに割れてしまうかもしれない。

しかし、と僕《ぼく》は思う。

実のところ、僕《ぼく》の方には話すことなんてもうないのだ。どうしたものか。

「ええと。……まあ、その。……演奏、どうでしたか」

冴島俊臣《さえじまとしおみ》はかすかに目を細めた。

手元にあったプログラムに視線を落とす。

「バッハは、高校生ですし、あんなものか、という印象でした。指揮も素人《しろうと》で、オーケストラに寄りかかっていた。通奏低音をオルガンなしで管の弱奏でカバーするというところはなかなかでしたが、見所はそれぐらいでした」

ほんとうに遠慮《えんりょ》も手心もなかった。

評価は、ぐうの音も出ないほどその通りではあったけれど。

「しかし、最後の曲は――」

プログラムの最下段を指でたどり、冴島俊臣《さえじまとしおみ》はしばし言いよどむ。

「不思議です。鬼気迫《ききせま》るものがあった。書法も、あれだけの小編成なのに最大限効果的に響《ひび》くように計算されていたし、オーケストラも段違《だんちが》いに集中していました。あれは、……金を払《はら》ってもいいと思える演奏でした」

僕《ぼく》はうつむく。

「……ありがとうございます」

「不勉強で申し訳ないが、知らない曲でした。作曲者も……メドヴェージェフ。ロシアの作曲家ですか？　チャイコフスキーの影響《えいきょう》を随所《ずいしょ》に感じましたが」

「ああ、ええと、……はい」

正直に説明しなければいけないだろうな、と思う。

「イゴール・メドヴェージェフは、十九世紀生まれのウクライナの作曲家です。モスクワ音楽院にラフマニノフやスクリャービンより三年遅《おそ》く入学して首席で卒業しています。貴族出身だったので十月革命で処刑《しょけい》されました。ルネサンス変奏曲はその遺作です」

「そうでしたか。それほどの作曲家を知らなかったとは――」

「……というのが嘘《うそ》の設定です」

冴島俊臣《さえじまとしおみ》は怪訝《けげん》そうな顔をした。

僕《ぼく》は気まずさを噛《か》み殺《ころ》しつつ続けた。

「凛子《りんこ》さんにはじめて曲を提供するときにですね。実在しない作曲家をでっちあげてモスクワ楽派っぽい曲を書いたんです。即座《そくざ》に見破られましたけど。……ええと、つまり、メドヴェージェフっていう作曲家は存在しません。僕のことです」

表情変化がとてもわかりにくい人だったけれど、このときはたしかに驚《おどろ》いていたのが見て取れた。

「あの変奏曲は、僕《ぼく》が中学生の頃《ころ》にネットにあげていたエレクトロニカが原曲です。ルネサンス・デカダンスっていう、まあ、特に意味のない韻《いん》を踏《ふ》んでるだけのタイトルなんですけど。それを管弦楽《かんげんがく》の変奏曲に編曲したのはうちの音楽教師です。たぶん凛子《りんこ》さんから僕《ぼく》のメドヴェージェフどうこうっていうネタを聞いて、面白《おもしろ》がって作曲者名に使ったんでしょうね。色々とふざけてばっかりの人なんですけど、でも作曲技術は本物です。凛子《りんこ》さんが憧《あこが》れて同じ学科に入りたいって言っているのは、その先生のことです」

僕《ぼく》は言葉を切って、凛子《りんこ》の父親の反応をうかがった。表情は変わっていない。目の奥《おく》に、なにか光がちらとよぎっただろうか。

ひとつ息をついて言葉を継《つ》いだ。

「聴《き》いてわかったと思うんですけど、あの曲は『けものみち交響楽団《こうきょうがくだん》』の豆粒《まめつぶ》みたいな小編成で派手に響《ひび》くように最適化されてるんです。でも、じゅうぶんじゃなかった。『けものみち』のみなさんはすごく演《や》り込《こ》んでくれてて最初からかなりのクォリティの演奏でしたけど、全然物足りなかった。僕《ぼく》ならもっとずっと良くできると思った。だって僕《ぼく》の曲ですから」

小森《こもり》先生が言っていた、指揮者のいちばん大切な仕事。作曲者との対話。

自分自身と、とことんまで向き合わなければいけなかった。僕《ぼく》の曲であって僕《ぼく》の曲ではなかった。見えているはずなのに形にならなかった。僕《ぼく》の中で渦巻《うずま》いている音楽を、オーケストラに伝えられなかった。

言葉では、まったく届かなかった。

だから僕《ぼく》は僕自身《ぼくじしん》をそのままぶつけるしかなかった。僕《ぼく》が書いた歌を片《かた》っ端《ぱし》から聴《き》かせたのだ。原曲となったルネサンス・デカダンスにしたって、もとより歌にしようとしてあきらめた曲だ。詞のぼんやりしたイメージが旋律《せんりつ》に染《し》みついている。

僕《ぼく》は信じていた。

華園《はなぞの》先生なら。

僕《ぼく》のことをだれよりも——ある意味では僕《ぼく》以上に——知っているあの人の編曲なら、きっと僕《ぼく》が電子音の連なりに織《お》り込《こ》んだ灼《や》けつくような歌心を汲《く》みとって、管弦楽《かんげんがく》の中に残してくれている。

あの人が鍛《きた》え抜《ぬ》いたオーケストラにも、きっと伝わっている。

眠《ねむ》っているだけだ。

キックして、呼び覚ますだけでいい。そう信じていた。

「……だから、あの曲は世界中でもあのオーケストラにしか演《や》れなくて……それに、たぶん、僕《ぼく》にしか振《ふ》れない曲で――」

言葉にしてしまうとむずがゆい。

でも、本音だ。正直にさらけ出そう。

「――それで満足してもらえたなら、ほんとうにうれしいです」

しばらくの沈黙《ちんもく》があった。

不安になるくらい長い間だった。

ホールの職員らしきスーツ姿の男性が、僕《ぼく》らに怪訝《けげん》そうな視線を向けながらロビーを横切っていった。

それから冴島俊臣《さえじまとしおみ》は、はじめてのことをした。向こうから視線を外したのだ。

わざとらしく伸《の》ばした吐息《といき》の後で彼《かれ》は口を開く。

「……『けものみち交響楽団《こうきょうがくだん》』が技術水準も高く、他にない美点を持ち合わせたオーケストラだということは認めましょう。しかし、それと認定《にんてい》団体に再指定されるかどうかはまた別問題です。私の一存で決められることでもありません」

今度は不自然な間をつくるのは僕《ぼく》の番だった。真剣《しんけん》に、なんの話をされたのか理解できなかったのだ。

「……え？　……あ、はあ」

半開きの口から間抜《まぬ》けな声が漏《も》れる。冴島俊臣《さえじまとしおみ》は眉根《まゆね》を寄せた。

「そのために私に演奏を聴《き》かせたんでしょう？」

「ああ、……はい。すみません。そう、そうでしたっけ」

ようやく頭が言葉に追いつく。

そうだ、たしかに最初はそんな話だった。

公益財団法人の常務理事であるこの男に、『けものみち』のものすごい演奏を聴《き》かせてわからせてやろう、と。

でも——。

僕《ぼく》は頭を掻《か》いた。

「最初は、はい、そのつもりでした。音楽祭に呼んだのはそのためで、実力をわかってもらえたら、口利《くちき》きもしてもらえるかなって……あの、でも、それはもういいんです。もちろんまた認定《にんてい》してもらえたらすごくありがたいですけど、音楽続けるかどうかなんてけっきょくは自分で決めることだし」

廊下《ろうか》の向こうを見やる。

楽屋では、飲み会をやる店が決まった頃《ころ》だろうか。二次会や三次会の話までしているだろうか。ひょっとしたら、その次の話も。

「ただ、あの曲を演《や》りたかったんです。みんなに聴《き》かせたかった。あれだけすごいオーケストラで、僕《ぼく》の曲をあんなに見事にアレンジしてもらって、演《や》らずに終わるなんてもったいないですよ」

それに、と僕《ぼく》は胸中で付け加える。

僕《ぼく》らのやってきたロックミュージックを、あんなにも全否定する人なんてはじめて逢《あ》ったんです。それで、ちょっとだましてでも、僕《ぼく》の曲をクラシックとしてぶつけてみたかった。

認めてもらえた今、胸のすく想《おも》いです。

めちゃくちゃ気分が良《い》い。

音楽なんてその心地《ここち》よさがすべてで――

続ける理由も、やめる口実も、言葉にしてしまえばみんな嘘《うそ》になる。

心の中に火がともっているやつは、なにがあったって続けるだろう。火が消えてしまったやつからやめていく。それだけのことだ。

僕《ぼく》はあのオーケストラに少しだけ熱を伝えた。それ以上のことはだれにもできない。

「わかりました」

冴島俊臣《さえじまとしおみ》はつぶやいた。

「良《い》い演奏を聴《き》かせてもらいました。楽団員の方々にもよろしくお伝えください。それと」

言おうか言うまいか少し迷ったのがわかった。これもはじめて見るそぶりだった。

でもけっきょく彼《かれ》はその言葉を口にした。

「凛子《りんこ》のこと、今後ともよろしくお願いします」

一礼し、歩み去る背中を、僕《ぼく》は黙《だま》って見送った。

*

「今後ともよろしくって言ったの？　父が？　わたしのことを？　……ふむ。交際の許可ととるべきか結婚《けっこん》の許可ととるべきか」

「社交辞令ですよっ！　なにを考えているんですか凛子《りんこ》さんッ」

「バンドメンバーとしてよろしくって意味に決まってるじゃん！」

「でも父がわたしのバンド活動を認めるわけがないから村瀬《むらせ》くん個人へのよろしくだと解釈《かいしゃく》するのが妥当《だとう》」

「それで男女関係の話だと解釈《かいしゃく》するのは飛躍《ひやく》しすぎですっ」

「それにお父さんも真琴《まこと》ちゃんのこと女の子だと思ってるかもよっ？　なんか初対面だと男だって気づかないらしいし！」

「わたしとしては村瀬《むらせ》くんが女の子の扱《あつか》いでもとくに支障はないけれど」

「凛子《りんこ》さんやお父様がゆるしても法律がゆるしませんから！」

……と、そんな感じで、後日バンド内で大騒《おおさわ》ぎになったことは言うまでもない。

験 票
407
志賀崎 伽耶
桐ケ丘学園高等学校

7　春が来れば君は

［ひとりで発表見るの怖《こわ》いから先輩《せんぱい》たち一緒《いっしょ》にいてくれませんか］

［やっぱりひとりで見ます　落ちてたら恥《は》ずかしい］

［やっぱり心細いです！］

［先輩《せんぱい》たちに結果見てもらって先に教えてもらおうかな］

［やっぱり自分で見なきゃだめです！］

合格発表の前日、伽耶《かや》はうろたえまくっていた。寝《ね》る前の時間帯になると、五分おきくらいにほとんど独り言に近いメッセージがバンドのＬＩＮＥグループに入る。

伽耶《かや》には悪いが、実に微笑《ほほえ》ましい。

試験の日とちがって、発表の日は普通《ふつう》に授業がある。思い返してみれば去年、発表を見にいったとき、渡《わた》り廊下《ろうか》から在校生たちが僕《ぼく》らを興味深げに眺《なが》めていたり、合格者を見つけて早くも部活の勧誘《かんゆう》をしている人までいたっけか。

［どうせ登校してるんだから一緒《いっしょ》に見ようよ　学校来たら連絡《れんらく》入れて］

［実は明日の玄関《げんかん》に置くお花は私が華道部《かどうぶ》に頼《たの》み込《こ》んで担当したんです　力作です　伽耶《かや》さんのために丹精込《たんせいこ》めました］

［お昼も一緒《いっしょ》にどう　学校周辺の美味《おい》しいお店も今のうちに知っておくべき］

三人とも返信が早い。

こういうとき僕《ぼく》は、気の利《き》いた、なおかつ気を遣《つか》っていない感じを装《よそお》った言葉をぱっと思いつけない。さんざん迷った末にこう書いた。

［放課後みんなでスタジオ行こうか久しぶりに］

すぐに伽耶《かや》からのメッセージ。

［行きます！　もうずっと楽器触《さわ》ってないです！　落ちてたら二時間くらいぶっ通しで歌うのでつきあってください！］

不吉《ふきつ》なことを言うな。とは思うのだけれど、こういうときって自分から悪い結果にあらかじめ言及《げんきゅう》しといて本番のショックを和《やわ》らげようとするもんだよな。わかる。

もう試験も採点もとっくに終わっているのだけれど、祈《いの》らずにはいられない。

どうか受かっていますように。

春から伽耶《かや》と一緒《いっしょ》の学校生活を送れますように。

*

翌日、昼になったら駅まで伽耶《かや》を迎《むか》えにいくことになった。バンドメンバー四人総出で、だ。駅から学校までの道のりも心細かろう——という配慮《はいりょ》だと朱音《あかね》は言っていたけれど、早く伽耶《かや》の顔を見たいだけだろう。

朝、登校してみると、校門入ってすぐの広場に大きな掲示板《けいじばん》が設置されていた。合格者の受験番号がびっしりと列記されている。ダッフルコートを着込《きこ》んで寒さに頬《ほお》を赤く染めた中学三年生たちが午前中から続々とやってきて、ある者は跳《と》び上《あ》がって喜び、スマホで報告し、またある者は肩《かた》を落として縮こまり校門を出ていった。

伽耶《かや》から受験番号を知らされているわけではないので、僕《ぼく》らにも結果はわからない。自分の受験ではないけれど、緊張《きんちょう》してきてしまった。

昼休みになってすぐに四人で駅に向かった。

「せんぱーいっ！」

手を振《ふ》りながら自動改札を走《はし》り抜《ぬ》けて出てくる明るいオレンジ色のコート姿に、僕《ぼく》は目を細める。なんだかものすごく久しぶりに思える。最後に伽耶《かや》に逢《あ》ったのはバレンタインコンサートのときだから、三週間ぶりか。

「伽耶《かや》ちゃんっ」

朱音《あかね》がさっそくハグで迎《むか》える。

「わざわざ駅まで——来てもらって、さすがに申し訳ないというか……」

伽耶《かや》は済まなそうに僕《ぼく》らを見回す。

「いいんです。一秒でも早く伽耶《かや》さんの顔を見たかったですもの」と詩月《しづき》。

「それに伽耶《かや》ちゃん、ひとりで学校までとぼとぼ歩いてって校門入っていきなり掲示板《けいじばん》どーん、ってけっこう心臓に悪いよ？　あたし去年そうだったから」

「うっ……それは、たしかに……そうですね……」

僕《ぼく》らは連れ立って学校への道を戻《もど》り始めた。

「音楽祭、行けなくてごめんなさい。ほんとうに、行きたかったんですけれど……先輩《せんぱい》たちの演奏をちゃんと聴《き》ける心境じゃなくて……」

伽耶《かや》がしょんぼりしながら言う。

「しかたないですよ。でも録音してありますから、あとで一緒《いっしょ》に聴《き》きましょう」

「ほんとは動画アップできればよかったんだけどね。生徒が映ってるからちょっとね」

「最後の変奏曲はたしか動画をあげてもいいことになっていたはず」

「あ、うん。今朝アップしたんだ」僕《ぼく》はスマホを取り出してみせる。「小此木《おこのぎ》さんがメールとかSNSとか全然使わない人で、やりとりに手間取って、だいぶ時間かかっちゃった」

「えっ、じゃあオーケストラの練習の連絡《れんらく》とかどうしてたんですか」

「ぜんぶ電話」

「おじいちゃんおばあちゃんばっかりだったもんね！」と朱音《あかね》は笑う。

「スマホは一応持ってたからLINEインストールしてもらって僕《ぼく》のIDも教えたんだけど、けっきょくずっと電話連絡《れんらく》だったね……」

教えたLINEが使われることは、もうないかもしれない。

動画アップロードの許可をもらえたところで、僕《ぼく》と小此木《おこのぎ》さんの間にある用件はすべて済んでしまった。『けものみち交響楽団《こうきようがくだん》』がこのまま解散すれば、二度と逢《あ》うこともない。

しんみりしかけた空気を察してか、伽耶《かや》がことさら明るい声で言った。

「先輩《せんぱい》タキシードだったんですよねっ？　写真だけ見ました！　ライヴもあれでやりましょう、絶対映《は》えますよ！」

「みんな言うねそれ……。クラシックの舞《ぶ》台《たい》だと良さそうに見えたかもしれないけど、あれってジャケット真っ黒だろ。バンドのライヴだと照明落とすから目立たなくなっちゃうんじゃないかなあ」

「じゃあじゃあ純白のタキシードで！」

伽耶《かや》の提案に詩月《しづき》がいきなり真っ赤になる。

「いけません伽耶《かや》さんっ、純白のタキシードといったら花婿《はなむこ》の衣装《いしょう》ですよ！」

「うちらも純白着れば大丈夫《だいじょうぶ》じゃないの」と朱音《あかね》が涼《すず》しい顔で言う。なにが大丈夫《だいじょうぶ》なのかさっぱりわからんのだが。

「いけません朱音《あかね》さんっ、それじゃウェディングドレスじゃないですか！」

「ふむ。そういえばこのあいだ父からよろしくと言われたそうだし」

「凛子《りんこ》さんまだその話を引っぱるんですか！」

馬鹿話をしている間に、商店街を過ぎ、寺と墓地が続くあたりも抜《ぬ》け、校門が見えてきてしまった。女子中学生らしき二人連れとすれちがう。たぶん両方とも合格だったのだろう、笑い合い、声を弾《はず》ませながら遠ざかっていく。

伽耶《かや》が表情を硬《かた》くした。

その肩《かた》に朱音《あかね》がぽんと手を置く。

「じゃ、おなかもへったし、ささっと済ませてこようか！　なんてことないよ」

伽耶《かや》はおびえた目を朱音《あかね》に向け、それから僕《ぼく》らを順番に見て、一度うつむき、吹《ふ》っ切《き》るように道の先に向き直る。

校門までの十数メートルを大股《おおまた》で詰《つ》めると、そのまま門を一息でまたいだ。

僕《ぼく》らもあわててその背中を追いかけ、敷地《しきち》内に入った。

横幅《よこはば》の広い掲示板《けいじばん》が僕《ぼく》らを出迎《でむか》える。見上げて番号を探している受験生の姿は、伽耶《かや》の他に二人だけだ。ほとんどの子は午前中にやってきて確認《かくにん》したのだろう。

伽耶《かや》が右手に握《にぎ》りしめた受験票がちらと見える。

受験番号407。

掲示板《けいじばん》に目を移し、400番台を探そうとしたとき——

不意に、涼《すず》やかな管弦楽《かんげんがく》の調べが校舎の方から吹《ふ》き寄せてきた。

バッハだ。

聞き間違《まちが》えようもない、僕《ぼく》と『けものみち交響楽団《こうきょうがくだん》』の演奏。音楽祭の録音を昼の校内放送で流してくれているのだ。

僕《ぼく》はまぶしさに目を細める。午後の陽を窓ガラスが照り返している。主イエスは我《わ》が変わらざる喜び——そう告げ知らせる歌声が空から降り注ぐ。僕《ぼく》は手のひらに冬の終わりの頼《たよ》りないぬくもりを感じ、そっと握《にぎ》りしめる。

あのとき、たしかにこの手の中にあった響《ひび》き。

二十数人と一人とが完璧《かんぺき》に融《と》け合って、世界でたったひとつの楽器をかたちづくっていた、魔法《まほう》の時間。

たぶん、もう二度と触《ふ》れられない。

夢は醒《さ》めてしまった。

開いた手のひらから、なにかが羽ばたいて陽光の中へと飛び去ろうとしているのを僕《ぼく》は視《み》る。

捕《と》らえようとむなしく手を差《さ》し伸《の》べたその先で――


「――ありましたっ」


少女の声がした。

粉々に砕《くだ》け散《ち》った幻像《げんぞう》の向こう側。伽耶《かや》が振《ふ》り返《かえ》り、涙《なみだ》を浮《う》かべ、頰《ほお》を紅《あか》く火照《ほて》らせ、受験票を高く掲《かか》げてこちらに駆《か》け寄《よ》ってくる。

「受かってましたっ」

最初に朱音《あかね》が伽耶《かや》を抱《だ》き留《と》める。

「おめでとう！　これでほんとに後輩《こうはい》だね！　やったあああああ！」

続いて伽耶《かや》は詩月《しづき》の腕《うで》の中に転《ころ》がり込《こ》む。詩月《しづき》の左手は伽耶《かや》の髪《かみ》を優《やさ》しくかき混ぜる。

「おめでとうございます。ほんとうに頑張《がんば》りましたものね。信じてました」

伽耶《かや》はなにか答えようとするのだけれど涙《なみだ》で顔がぐずぐずになっていて声にならない。

少々驚《おどろ》いたことに凛子《りんこ》までも抱擁《ほうよう》で祝福した。

「おめでとう。うれしい。春からたくさん一緒《いっしょ》にいられる」

そう言って凛子《りんこ》はティッシュを取り出し伽耶《かや》の鼻と目を拭《ふ》いてやる。

「……ぅ、うっ、……ぁ、ありぁと、ごぁ……ます」

ようやく出てきた伽耶《かや》の声も、ほとんど言葉になっていない。

僕《ぼく》は掲示板《けいじばん》を見つめ、自分の目でも407番の表記を確認《かくにん》し、空に向かって長い長い息を吐《は》き出《だ》した。目を閉じ、まぶたで陽光を受け止め、味わう。

よかった。ほんとうによかった。

目を開くと、少女たちの視線がこちらに集まっている。朱音《あかね》はにまにま笑っているし、詩月《しづき》は渋《しぶ》い顔をしているし、伽耶《かや》は凛子《りんこ》の腕《うで》の中でもじもじしている。

「……しかたない。今日は特別に許してあげる」

凛子《りんこ》が言った瞬間《しゅんかん》、伽耶《かや》は僕《ぼく》に飛びついてきた。

突然《とつぜん》だったのでそのままひっくり返りそうになり、なんとか踏《ふ》みとどまって伽耶《かや》の体重を受け止めた。

「せんぱぁあああああい」

伽耶《かや》の涙声《なみだごえ》が僕《ぼく》のコートの胸に熱く吐《は》きかけられる。背中に腕《うで》が回され、強く引き寄せられる。おい。ここは僕《ぼく》の学校で、今は昼休みで、広場に出てきている生徒も多くて、みんなこっちを見ているんだが。

まあ、でも。

特別な日だ。これくらい、どうってことない。

僕《ぼく》も伽耶《かや》の肩《かた》に腕《うで》を回し、頭の後ろをそうっとなでる。

「……おめでとう」

「うぇしぃれす、ほんとに、う、うぅううう」

僕《ぼく》の胸に顔をこすりつけながら伽耶《かや》はしゃくり上げつつ声を漏《も》らす。

背中に巻き付いた腕《うで》の力が強まる。これ、いつまで続ければいいの？　とだんだん不安になってくる。詩月《しづき》が遠慮《えんりょ》がちに「あの、伽耶《かや》さん、そろそろ……」とつぶやきながら近づいてくるのだけれど、むせび泣きのせいで聞こえていない。

けっきょく、その長い長い抱擁《ほうよう》を断《た》ち切《き》ったのは僕《ぼく》の胸ポケットで震《ふる》えたスマホだった。伽《か》耶《や》がびくんとなって身を離《はな》す。

「あ、ごめん」

「あっ、いえっ、……わたしこそっ」

頭が冷えて自分のやっていたことを顧《かえり》みたらしく、伽耶《かや》は耳まで赤くなっている。

僕《ぼく》はスマホを取り出し、目を見開いた。

驚《おどろ》いたことに——小此木《おこのぎ》さんからＬＩＮＥにメッセージが入っていた。

［団員にもみんなラインを導入してもらいました］

一行ごとに吹《ふ》き出《だ》しに分けられたメッセージが、ぽん、ぽん、と送られてくる。

［グループというものも作りました］
［マエストロもよかったら入ってください］
［今後ともよろしくお願いします］

けものみちオケ、という名前のグループからの招待も来ていた。加入してみると、すでに三十人近いメンバーがいる。

顔が緩《ゆる》んでしまう。

行動が早い。小此木《おこのぎ》さん、僕《ぼく》が教えるまでアプリストアのこともよくわかっていなかったのに、たった二日でＬＩＮＥグループ使いこなせるようになるまで勉強したのか。あるいは団員の中にすでにＬＩＮＥを活用していた人がいたのかもしれない。いくら年配の人ばかりといっても今時電話しか使えないって方が珍《めずら》しいだろう。

今後ともよろしくお願いします。おうむ返しにメッセージを打ってしまう。

今後、という二文字をじっと見つめる。

今後があるのだ。

エンジンは小さな火を抱《かか》えて今も回り続けているのだ。

燃え続けてさえいれば、火はまたどこかに広がって、熱と光を伝えられる。今後があって、未来がある。地図をたどって新しい景色を探しにいける。

それじゃあ最初にだれに伝えよう？

ＬＩＮＥの友だちリストをスクロールさせた僕《ぼく》の指が、『みさお』の上で止まる。

もちろんだ。他にだれがいる？　あの人が育てたオーケストラ。あの人が戻《もど》ってくるべき場所なんだ。コントラバスの人数だって全然足りないんだ。これから団員がまた増えるようなら、そのための編曲のやり直しだって必要だ。

なるべくシンプルに。なるべく喜びをストレートに伝えられるように。そう考えながら言葉を選んでいったせいで、だいぶ時間がかかってしまう。

先生へのメッセージを打ち終えたちょうどそのとき、朱音《あかね》の声がした。

「真琴《まこと》ちゃん！　早く行こ、昼休み終わっちゃうよ！」

スマホから目を上げると、少女たちの姿はもう校門の外にある。

「お祝いですからモスバーガー行きましょう！」と詩月《しづき》が駅の方を指さす。

伽耶《かや》はまだ腫《は》れの残る顔で、それでもいっぱいに笑って手招きしている。凛子《りんこ》は僕《ぼく》を待ちもせずにさっさと歩き出している。

あわててスマホをポケットに押《お》し込《こ》み、走り出した。

校門をまたごうとしたとき、ふと足を止める。

門の両側に二本だけ桜の樹《き》が立っていることに今さらながら気づく。見上げると、小さな蕾《つぼみ》が梢《こずえ》に身を寄せ合って垂れ、三月はじめの冷たい風に固く縮こまっている。

でも、もうすぐ花開く。

いのちのサイクルがひとめぐりしてまた春がやってくる。わずかな陽なたに香る甘《あま》さで、すぐそこまで来ているのがわかる。

「先輩《せんぱい》！　早く！」

呼ぶ声に引かれ、僕《ぼく》は風をくぐり抜《ぬ》けて歩道に出た。並んで歩く少女たちの背中に追いつこうと足を速める。ずっと後ろの方で、古く懐《なつ》かしい弦《げん》と管のゆらめきの間から喜びをたたえる真新しく澄《す》んだコラールが湧《わ》き出《で》て空を潤《うるお》していくのが聞こえていた。

〈了〉

あとがき

我《わ》が家《や》は両親ともクラシック音楽が好きだったので、毎週日曜朝にはテレビ朝日の『題名のない音楽会』を観《み》ていました。僕《ぼく》が小学生の頃《ころ》ですから記憶《きおく》もあやふやですが、実験的で遊び心にあふれた音楽番組で、「オーケストラに指揮者は必要なのか?」という疑問をテーマにした回があったことをおぼろげに憶《おぼ》えています。

実際に指揮者ありとなしでフルオーケストラの曲を演奏したのですが、子供の耳にはどこがどうちがうのかまったくわかりませんでした。たしかコンサートマスターだったか司会者だったかがこう言っていました。指揮者がいなくても完璧《かんぺき》に弾《ひ》くことはできるが、面白《おもしろ》い演奏にならない、と。

高校生になった僕《ぼく》は音楽系のクラブに入ったこともあって何度かタクトを握《にぎ》る機会がありましたが、なにをどうすればいいのかさっぱりわかりませんでした。打点が見づらいとかリズムが取りにくいとかさんざん言われました。

吹奏楽部《すいそうがくぶ》に、飛《と》び抜《ぬ》けて指揮が上手《うま》い、と音楽教師からも太鼓判《たいこばん》を捺《お》されている先輩《せんぱい》がいましたので、訊《き》いてみました。

「指揮ってどうやるんですか？」

先輩《せんぱい》は笑ってごまかし、なにも教えてくれませんでした。

当時は意地悪されたのかと思っていましたが、今なら先輩《せんぱい》の気持ちがよくわかります。僕《ぼく》だって小説ってどう書くんですかなんて訊《き》かれたら苦笑いしか返せません。ごめんなさい先輩《せんぱい》。お詫《わ》びと言ってはなんですが、この巻を書きました。

最初は、オーケストラと指揮者の話はワンエピソードで終わらせるつもりでしたが、書いていくうちにあれよあれよと広がっていき、気づけば今巻のほとんどを占《し》めてしまいました。となれば当然、表紙は指揮者の真琴《まこと》です。ようやく男の子として登場です！

春夏冬《あきなし》ゆう様、渾身《こんしん》の力作をありがとうございました。美しすぎて、画像をもらった直後にスマホの壁紙《かべがみ》にしてしまいました。担当編集の森《もり》さまも、厳しい年末進行の中ほんとうにお手数おかけしました。また、漫画版《まんがばん》の企画《きかく》も進んでいるようです。たくさんの方々に支えられて四巻までやってきました。この場を借りて厚く御礼申《おんれいもう》し上《あ》げます。

二〇二二年一月　杉井《すぎい》　光《ひかる》

そして、
二度目の季節が
はじまる――。
杉井 光
イラスト・春夏冬ゆう
電撃文庫
楽園ノイズ5
2022年夏、発売予定!!

◉杉井　光著作リスト

「火目の巫女　巻ノ一〜三」（電撃文庫）
「神様のメモ帳1〜9」（同）
「さよならピアノソナタ」シリーズ計5冊（同）
「楽聖少女1〜4」（同）
「東池袋ストレイキャッツ」（同）
「夜桜ヴァンパネルラ1、2」（同）

「恋してるひまがあるならガチャ回せ!1、2」(同)
「楽園ノイズ1～4」(同)
「すべての愛がゆるされる島」(メディアワークス文庫)
「終わる世界のアルバム」(同)
「終わる世界のアルバム」(単行本 アスキー・メディアワークス刊)
「死図眼のイタカ」(一迅社文庫)
「さくらファミリア!1～3」(同)
「シオンの血族1～3」(同)
「ばけらの!1、2」(GA文庫)
「剣の女王と烙印の仔I～VIII」(MF文庫J)
「ブックマートの金狼」(NOVEL 0)
「花咲けるエリアルフォース」(ガガガ文庫)
「生徒会探偵キリカ」シリーズ計7冊(講談社ラノベ文庫)
蓮見律子の推理交響楽 比翼のバルカローレ」(講談社タイガ)
「放課後アポカリプス1、2」(ダッシュエックス文庫)
「電脳格技メガフィストガールズ」(同)
「神曲プロデューサー」(単行本 集英社刊)
「六秒間の永遠」(単行本 幻冬舎刊)

本書に対するご意見、ご感想をお寄せください。

ファンレターあて先
〒 102-8177　東京都千代田区富士見 2-13-3
電撃文庫編集部
「杉井 光先生」係
「春夏冬ゆう先生」係

本書は書き下ろしです。

電撃文庫

楽園《らくえん》ノイズ4

杉井《すぎい》 光《ひかる》

2022年3月10日 初版発行

発行者 青柳昌行
発行 株式会社KADOKAWA
〒102-8177 東京都千代田区富士見2-13-3
0570-002-301（ナビダイヤル）
装丁者 荻窪裕司（META＋MANIERA）
印刷 株式会社暁印刷
製本 株式会社暁印刷

ISBN978-4-04-914217-4 C0193 Printed in Japan

電撃文庫 https://dengekibunko.jp/

電撃文庫創刊に際して

文庫は、我が国にとどまらず、世界の書籍の流れのなかで〝小さな巨人〟としての地位を築いてきた。古今東西の名著を、廉価で手に入りやすい形で提供してきたからこそ、人は文庫を自分の師として、また青春の想い出として、語りついできたのである。

その源を、文化的にはドイツのレクラム文庫に求めるにせよ、規模の上でイギリスのペンギンブックスに求めるにせよ、いま文庫は知識人の層の多様化に従って、ますますその意義を大きくしていると言ってよい。

文庫出版の意味するものは、激動の現代のみならず将来にわたって、大きくなることはあっても、小さくなることはないだろう。

「電撃文庫」は、そのように多様化した対象に応え、歴史に耐えうる作品を収録するのはもちろん、新しい世紀を迎えるにあたって、既成の枠をこえる新鮮で強烈なアイ・オープナーたりたい。

その特異さ故に、この存在は、かつて文庫がはじめて出版世界に登場したときと、同じ戸惑いを読書人に与えるかもしれない。

しかし、〈Changing Times,Changing Publishing〉時代は変わって、出版も変わる。時を重ねるなかで、精神の糧として、心の一隅を占めるものとして、次なる文化の担い手の若者たちに確かな評価を得られると信じて、ここに「電撃文庫」を出版する。

1993年6月10日
角川歴彦